集英社オレンジ文庫

天狐のテンコと葵くん

たぬきケーキを探しておるのじゃ

西　東子

Contents

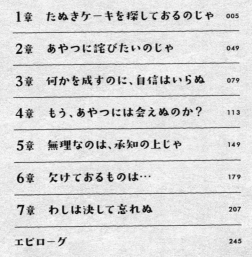

イラスト／サコ

1章

たぬきケーキを探しておるのじゃ

夜の仕込み前、葵が店の裏に出ると、遠くに見える山の稜線は美しい赤に染まっていた。冷たい風に吹かれながら、葵はしばらくその風景に見とれる。

夕日を背負った飛田山は荘厳だ。

溜まった段ボールをたたみながら、綺麗だな、と葵は感嘆のため息をつく。

「葵くん、俺そろそろ休憩入るわ。寒いから閉めてー」

「はーい」

店長の坂下の声に、葵は店内へ戻った。「キッチンハルニレ」と店名が書かれた裏口のドアを閉め、キッチンに立つ。

洗い物を片づけていると、フロアで休憩中の坂下が声をかけてきた。

「いやー、今日は混んだね。夜の仕込み終わったら上がっていいよ」

「あ、ありがとうございます。すみません、俺、ランチの米ミスっちゃって……」

「うん、次やったらまかないなしだから」

「えっ」

「ははは、冗談。炊飯器、なんか調子悪いしな。美奈ちゃんにも言っておくわ」

葵はうなだれる。今日はランチの客の入りが遅かったのだが、油断していたところに団体客が次々と来店した。あわてて米を炊いたら、今度はぱったり客足が途絶え、炊きあがった米一キロは誰の口にも入らなかったのだった。

反省しつつも手は止めず、葵は夜の営業に向けて仕込みをする。ネギを切っている間に、坂下は座ったまま眠り始めた。

昨日も遅くまでメニュー考案をしていたというし、疲れているのだろう。葵より十歳年上の坂下は三十五歳。この店――キッチンハルニレの経営者である。アルバイトの葵に比べ、やることが多くて大変そうだ。

三十分ほどで仕込みを終え、葵は「お先です」とメモを残して裏口から外へ出た。

秋の空は、すでに藍色に変わっている。

今日も一日が終わった。ほっと息を吐き、通勤用の自転車を漕ごうとした時だった。

「あれ？」

どうもうまく前進しない。まさか……とタイヤを見ると、見事にパンクしていた。

「げ、最悪……」

肩を落とし、仕方なく自転車をひいて歩く。大通りに出て、自転車屋へ向かった。さっそうと走る車たちがうらめしい。昼間のミスといい、今日は、とことんついてない日だ。

ここ、山王町に引っ越してきて、キッチンハルニレで働き始めてそろそろ半年。生活にも仕事にも慣れてきて、油断が出たのかもしれない。

明日から気をつけよう。そう思いながら、田んぼを見下ろす小さな橋を渡り始めた時だ。街灯に照らされた稲の海の中に、風が止んでも波が消えない一角があった。ガサガサと、稲をかき分ける音も聞こえてくる。

野生の動物だろうか。葵が目を凝(こ)らすと同時に、稲の海から何かが飛び上がった。

「うわっ！」

飛び上がったそれが、街灯に照らし出される。

四本の足と輝く毛並み、尖(とが)った耳とふわふわした尾が葵の目に焼きつく。

あっけにとられる葵の前で、その獣は稲の海に落ちた。

一瞬、周囲の稲が揺れる。

そのあとは、稲はもう動くことなく、しんと静まり返っていた。

葵は少し迷ってから、橋の隅(すみ)に自転車を停め、田んぼに下りた。力なく落ちていった獣の姿が、なんだか気になってしまった。

街灯を頼りに、五分ほど歩き回った頃。葵は、田んぼの脇を流れる用水路の前で足を止めた。うずくまった獣の姿が、ぼんやりと見える。

近づくと、獣は首をもたげ、威嚇(いかく)するように毛を逆立てる。一見、犬か狐(きつね)のようだった。

あと一歩という距離まで近づくと、獣の姿がよく見えた。葵はぽかんと口を開ける。

その毛並みは、闇（やみ）の中でも輝く美しい金色をしていた。

なぜか、耳の先だけが銀色だ。

なんだろう、これ。葵は思わず一歩踏み出した。

その瞬間、謎の獣は大きく体を揺らし、ぐるる、と喉（のど）を鳴らす。丸い目には、警戒心がありありと浮かんでいる。

葵ははっとした。長い前脚（あし）に、赤い一条の傷が見えている。その痛々しい赤に、胸がぐっとつまる思いがした。

獣は強く葵をにらんでいる。とっさに葵は手をのばした。

「おいでー……」

言葉が通じるわけはないけれど、そう言った。ここまできて、放っておくことはできない。獣は相変わらず葵をにらんでいるが、葵をひっかくことも、逃げることもしなかった。ビー玉のような金色の目を見つめ、葵はもう一度呼びかける。

「大丈夫だから」

葵の気持ちが奇跡的に通じたのか、それともただ疲れたのか。獣は急に力を失ったように、ぺたんと耳を垂らした。

葵はそろりと手をのばし、おそるおそる毛を撫（な）でてみた。獣は静かなままだ。体の下にそっと腕を差しこんでも、抵抗しなかった。抱き上げると、体躯のわりに軽い。

目を閉じたまま、くる、とさっきよりも穏やかな声を上げた獣からは、不思議と花のような匂いがした。


二十五年の人生の中で、葵は犬を飼った経験などない。そして、別に大の動物好きというわけでもない。

それなのに、今こうして謎の獣を助けたのはなぜなのか、葵自身にもわからなかった。不運続きだった一日の終わりくらい、いいことをして終えたいという気持ちがあったのかもしれない。

自転車は橋に置いたまま、動物病院へ向かう。謎の獣はおとなしく、葵が抱きかかえている間も、病院に到着してからも、腕の中でじっとしていた。診察台に乗せられた時は牙をむいてうなったが、獣医に触れられると、疲れたようにまたうずくまった。

「怪我は大したことないですね。衰弱してるし、ブリーダーから逃げたのかな。見たことがない犬種ですけど、海外の犬種のミックスかと」

獣に点滴を打っている間、獣医は説明した。

「明日、愛護センターへ届け出をしておきますね。飼い主が見つからなければ、うちで里親探しもできます。ですが、正直、成犬の場合は人気がなくて……」

「そうなんですか？」

「ええ。引きとるなら子犬がいい、っていう方は多いです」

獣医の悲しそうな顔に、葵は何も言えなくなる。獣医は「これはお貸ししますね」と言って、かまぼこ型のキャリーケースに獣を入れて渡してくれた。

動物病院から自宅までは、歩いて五分ほどだ。部屋の鍵を開け、靴を脱ぐ間も、ケースの中はずっと静かだった。少し不安になって、葵は格子（こうし）状の扉から中を覗（のぞ）く。

獣は起きていた。先が銀色の耳を垂らして、丸く大きな瞳で葵を見ている。扉を開けると、またあの花の匂いが流れ出てきた。甘くみずみずしい、クチナシのような香りだ。

そっと手を入れると、鼻先を寄せてくる。指先に触れる金の毛がくすぐったい。

「このマンションってペット可だったよな……」

ひとりごとをこぼしてから、葵は「いやいや」と首を振る。時間も金も、そんなに余裕はない。明日から、飼い主を見つけるために行動しなければ。

そんなことを思いながらも、葵はしばらく、謎の獣のぬくもりに触れていた。

迷子犬の掲示板をチェックしたり、家で夕飯を食べたりするうちに、夜は更（ふ）けていった。

眠る前に、葵はリビング兼寝室の隅に置いたキャリーケースを覗いた。獣も、丸い目でじっと葵を見た。包帯を巻かれた前脚は痛々しいが、点滴のおかげか少し元気になっている気がする。

「おやすみ」

電気を消す直前、声をかけた。その瞬間、垂れていた耳がぴんっと上を向いた。

葵は驚いて、綺麗な銀の耳を見る。言葉が通じたのかと思った。それだけのことで、心がふわりとあたたかくなる。

「やばい、これは」

思わずつぶやいた。これが「情が移る」というやつだろうか。こんな調子では、別れることになった時は泣いてしまうんじゃないだろうか。

いやいや、でも俺が飼うわけにもいかないし……と自分に言い聞かせ、葵は部屋の電気を消した。ふっと闇が落ちて、横になるとすぐに眠気がやってくる。

明日も早番だ。七時には店に着かないと……豚(ぶた)バラが来る日だから、仕込みが間に合わない……。

強(し)いて仕事のことだけを考えているうちに、葵は眠りに落ちていた。

「……い、おい、おい。起きぬか。ええい、若いのに寝汚い」

耳元で声がする。甲高い子どもの声だ。夢だろうか。

葵は、寝返りを打ってその声から逃れた。まだ眠っていたい。

再び、突き刺さるようにして声が降ってきた。

「ええい、起きろ！　お前、このわしを前に寝続けるとはいい度胸じゃな」

「うるさいなあ……」

思わずつぶやいた。「うるさっ……」と衝撃を受けたような声のあと、沈黙が降りる。

しょんぼりさせちゃったかなあ、と葵は思った。子どもならもっと優しくしてあげるべきだった。

そこまで考えて、眠気が吹っ飛んだ。

子ども？　人？　……なんでこの部屋にいる!?

布団をはねのけて飛び起きた。

「お、やっと起きたな」

床に正座して嬉しそうに葵を見ているのは、まぎれもなく子どもだ。

葵はしばらくの間固まってから、おそるおそる尋ねる。

「えっと……誰？」

夜明けの薄闇の中でぼんやりした輪郭しか見えないが、電気をつけるのも怖い。

どこから入ったのだろう。混乱の底から、少しずつ恐怖がやってくる。

そんな葵の気配を察知したのか、子どもはあわてたように腰を浮かせた。

「待て、落ち着け。わしに敵意はない」

子どもなのに、やたら古めかしいしゃべり方をするのが奇妙な感じだ。腰を浮かせたまま、その子は手を上げる。ポッ、と音がして、闖入者の指先が明るくなった。

葵はあんぐり口を開けた。指先に灯るそれは、どう見ても火だった。水晶のような幻想的な青白い火によって、闖入者の姿が浮かび上がる。
六、七歳くらいだろうか。ビー玉のように丸く大きな目が印象的な、愛らしい顔立ちの少女だった。白い着物に赤い袴という服装は、神社の巫女を思わせる。
驚いたのはその髪の色だ。ゆるく波打つ長い髪はきらきらとした金色で、毛先だけが、染め分けたように銀色になっていた。

「よう助けてくれた、小僧。礼を言うぞ」

光が目に沁みるのか、まばたきをしながら少女は言う。幼い子どもに「小僧」と呼ばれたことを気にする余裕もなく、葵はただぽかんと彼女を見返した。

「まあ、まともな人となればわしを助けるのは当然か。それにしてもようやった。山主を助ける名誉など、そうそう得られるものではないぞ?」

「ま、待って」

手を振って言葉を遮ると、少女はかすかに眉を寄せた。

「何を待つというのじゃ。そもそもお前、さっきまで布団にしがみついてわしをさんざん待たせたではないか」

「ごめんって、でもちょっと整理ができないっていうか……」

葵の心臓は今にも破裂しそうだった。深呼吸をして、状況を整理する。

これは、いたずらかドッキリだろうか。妙に雰囲気のある女の子だし、子役か何かなのだろうか。それで、番組の企画で俺の部屋に……?

そこまで考えて、葵は首を振った。そんなことがあるわけない。それにこの子、さっきから「助けた」って言ってるけどどういうことだろう。あと、あの火はなんなんだ?

「おい、何をうんうん言っておる」

ひょいと顔を覗きこまれて、葵は「うわわ!」と飛びすさる。そして、青白い火に照らされた彼女の頭に、獣の耳がついていることに気づいた。

作り物ではなく、本物だ。先のほうが、綺麗な銀色に輝いている。

……保護した獣も、同じ色の耳をしていなかったか。

「きみ、昨日の犬？」

　おそるおそる葵が尋ねると、少女は眉を上げて不満げに言った。

「その呼び方は感心せぬ。山主じゃと言っておろう」

　葵はただ目を見開いて、目の前の少女をまじまじと見るしかできなかった。

「飛田の御山を守るのが、山主たるわしの役目じゃ。御山には気脈——生命力の源がめぐっておる。その気脈に変化がないか、常に見守るのが山主であるぞ」

「うん」

「山主の役目は、それだけではない。今年は日照りが続き、台風による水難や倒木もあった。そのために御山は激しく傷つき、気脈が著しく弱ってな。そこでわしの出番よ。山主として天から授かった神通力をふるい、御山の傷を癒したのじゃ」

　少女は得意げに胸を張った。

　葵が「おお……」と感嘆の声を上げると、「ふふん」と嬉しそうに鼻を鳴らす。

　わかりやすいな、こいつ。葵はちょっと笑いそうになった。

「……しかしそのせいで、わしは力をほとんど使い果たしてしまった」

　得意満面だった少女は、一転して肩を落とす。

「神通力がなければ、次に御山が傷ついた時に対処できぬ。力を取り戻すには、まずこの身を回復させねば。そこでわしは御山を下り、回復に必要なものを探しておったのじゃが」

「へえ……」

「この身と御山はつながっておるゆえ、御山を離れても気脈の状態はわかる。それゆえ、こうして外へ出歩くこともできるわけじゃ。しかし、今回ばかりはちと運が悪かった。ぬかったのう、まさか野良猫に襲われるとは……屈辱（くつじょく）じゃ」

「はあ、なるほど」

相槌（あいづち）を打ちつつも、葵は朝食のお茶漬けをかきこむのをやめない。今日はいつもより仕込みが多いため、あと十五分で家を出なければならなかった。しかも、昨日ヘマをしたので遅刻するわけにはいかない。

少女は葵をじろりとにらんだ。

「お前、聞いておるのか？」

「聞いてる聞いてる」

空にした茶碗（ちゃわん）を流しに下げて、歯ブラシを手にとる。時間短縮のために、食後そのまま流しで歯を磨くのが習慣となっていた。歯磨き粉を歯ブラシに乗せたところで、

「お前、わしは山主じゃぞ！　無礼にもほどがある！」

　と、少女がまとわりついてきた。葵はその膨れっ面を見下ろし、ため息をつく。

「俺、仕事行かなくちゃならないんだけど」

「なんじゃ仕事って！　わしの話を聞くよりも大事なことなのか!?」

「ていうか、その山主ってなんなんだよ。あー、もうだめだ、意味がわからん」

　ため息を封じるように歯ブラシを口に突っこんだ。機械的に手を動かしながら、さきほどの出来事を思い出す。

「少女＝あの獣」をなかなか信じられずにいる葵の前で、少女は一度、獣の姿に戻ってみせた。

「これでわかったか？　それと、わしは犬ではなく狐であるぞ、無礼者め」

　獣の姿のままで言われ、葵は認めざるを得なくなった。少女は確かに、田んぼで助けたあの獣なのだと。

　そして、今聞いた少女の身の上話が本当だとしたら、「山主」というのは山を見守る神様みたいなものらしい。それならまあ変身くらいするか、と葵は思った。

　非日常的な出来事を前にさしたる感動もないのは、単に急いでいるからだ。

　早く店で仕込みをしなければ。その一心で歯磨きをする葵の腰に、少女は何度も突進してくる。

「ちゃんと話を聞け、無礼者め！」

葵は、ぶつかってきた少女のふわふわの頭を見下ろす。見知らぬ小型犬にしつこくじゃれつかれている気分というか、正直言ってかなり鬱陶しい。

「あのさ、きみが山主だかなんだか知らないけど、俺は働かなくちゃいけないんだ。じゃ、もうきみも出てくれ」

廊下へ続くドアを開けると、少女は「待て、待ってくれ」と葵にすがりついた。

「まだ御山には帰れぬ。わしにはやらねばならぬことがあるのじゃ。頼む、話を聞いてくれ」

大きな目で見上げられると、葵の良心がずきりと痛んだ。

「わしには頼れる人間がおらんのじゃ。力を貸してはくれんか？」

頼む、と消え入りそうな声で言われ、廊下へ出ようとした葵の足は完全に止まってしまった。

「うっ……」

葵の迷いに気づいたのか、少女は顔を輝かせる。

「協力する気になったのか？」

「……別に。早くここから出てほしいだけだし。俺が協力すれば帰れるんだろ？」

口ではそう言ったものの、葵は結局、少女の必死な様子に負けたのだ。

通りすがりの人間に助けを請うほど追いつめられているのなら、このまま放っておくのは気がひける。

少女は、そんな葵の内心も知らず笑った。

「よいよい。山主を助けられるというのは名誉なことじゃからな。このわしとめぐり会った幸運に感謝するがよい」

さっきまでの必死さはどこへやら、なんだかすごく態度がでかい。早くも後悔の念を感じつつ、葵はリビングに戻った。話を少し聞くくらいの時間はある。

葵のあとをちょこちょことついてきた少女は、ベッドの端に腰かけた。

「手短に話そう。わしはな、探し物をしているのじゃ」

「探し物？」

「そうじゃ。わしはここ数日、折を見て御山を下り、それを探しておった。しかしちっとも見つからん」

そこで少女は言葉を切った。

ためらうような沈黙ののち、葵に尋ねる。

「お前、甘味は好きか？」

「……え？」

葵は一瞬、何を聞かれたのかわからなかった。

甘味って、甘いものの甘味？　もしかしたら俺が知らないだけで、神様の間では違う意味があったりするのか？

「甘味じゃ。あれじゃ、おはぎとかケーキとかそういう」

焦れたように少女は続けた。どうやら本当にそのままの意味だったらしい。

「……好きだよ」

なんとなく警戒しつつも、正直に答えた。実際、かなりの甘党だと自分では思う。時間に余裕がある休日の朝食には、フレンチトーストやパンケーキなどを作るし、家には常にチョコレートとあんこが備えてある。

「ふはは、それはよい」

少女は声を上げて笑い、ベッドから下りた。

突っ立ったままの葵のもとへとことこ歩いてくると、くいっと顔を上げる。

「わしはな、たぬきケーキを探しておるのじゃ」

と、少女は言った。

「甘味が好きなら知ってるじゃろう？　どこで手に入る？」

期待に満ちた目を向けられ、葵はしばらく迷ったものの、結局正直に答えた。

「……ごめん、その、たぬきケーキ？　って何？」

残念ながら、葵はそれを見たこともなければ、名前を聞いたこともなかった。

少女の大きな目が、さらに大きく見開かれる。ぱかっと小さな口が開いて、

「し、知らんのか⁉」

と、この上なく悲痛な叫びがほとばしった。

「ごめん、知らない」

つい二度目の謝罪が出たのは、少女の顔に浮かんだ悲嘆があまりに濃かったからだ。

なんだか自分が悪いような気がしてきて、葵はあわてて続けた。

「でも、ケーキ屋に行けばあるかもしれないから。帰りに見てくるよ、どういうやつ？」

「阿呆。わしだってそれくらいやったわ」

肩を落とし、少女は首を振る。

「人の営みはこれまで見てきたからの。ケーキとやらが売っている場所は見当がついておったし、お前の言うケーキ屋という店も見た……それでも見つからなんだ」

ため息を落として、少女はそれきり黙ってしまった。絵に描いたような意気消沈ぶりに、葵はなんと声をかけていいのかわからず立ち尽くす。

単に食べたかっただけにしては、ずいぶんな落ち込みようだ。そもそも神様（?）なのにケーキを食べたがるのも不思議な話だった。それも、聞いたこともないようなケーキを。

上着のポケットの中で、スマホが震えたのはその時だった。

発信者を確かめ、思わず「あ」と声を上げる。仕入れ先の肉屋のドライバーからだった。

「はい、キッチンハルニレ山名です」

「あ、お世話になっております、花大精肉店です。今お店の裏でして……まだどなたもいらっしゃいませんかね……?」

ドライバーの困り果てた声に、葵は内心頭を抱える。七時半には店にいるから早めに納品に来てもかまわない、と伝えていたけれど、こんなに早いとは思わなかった。

「すみません、今から店に向かうので十分くらい……あ、やべ……」

通勤の足である自転車は、橋に置き去りにしたままだ。しかも、パンクしている。

回収してから店に向かうと、いつもより時間がかかる。

「やっぱりあと二十分ほど待っていただけると……」

相手に見えるわけがないのに、つい頭を下げてしまった。通話を終え、葵はすぐに廊下に出ようとしたが、少女の存在を思い出して振り返った。

少女は、部屋の中央にしょぼんとした様子で立っている。

迷った末、葵は彼女に向かって「なあ」と呼びかけた。

「俺、もう行くけど。きみはどうする?」

「……さっきから思っておったが、わしの名は『きみ』ではないぞ」

と、顔を上げた少女は言う。大きな目はうるんでいるが、声は毅然(きぜん)としていた。

「わしには山主としての名がある。お前は恩人じゃからな、特別にわしの名を呼ぶことを許そう。その前に、お前の名を教えるがいい」

「……山名葵」

葵が名乗ると、少女は笑った。

「葵。いいのう、葵の花は好きじゃ。――では葵、一つ覚えておけ」

とことこと歩み寄ってきた少女は、葵の上着の裾(すそ)をひっぱり、厳(おごそ)かに言った。

「わしのそばを決して離れるな。わしは今、お前が必要なのじゃ」

豚肉丼に使う豚バラ肉は、自家製のソミュール液に漬け、りんご果汁にくぐらせて水気を絞る。ソミュール液とはハーブの香りつきの濃い塩水といったところで、主にフランス料理において、肉をやわらかく仕上げるために使う。

フレンチビストロで十年以上働いていた坂下のこだわりで、肉の仕込みはすべてソミュール液に漬けるところから始まる。

　バラ肉の仕込みが終わったら、塊の豚肩ロースも漬けこむ。バケツに入れたソミュール液の中に肉を沈め、蓋をして冷蔵庫にしまった。バラ肉と違って液の浸透に時間がかかるため、この肉を使えるのは明日以降だ。

　シンクを綺麗にしてから、葵は昨日漬けた肩ロースを別のバケツから引き上げ、肉の水分をキッチンペーパーで拭きとった。これを真空パックにつめてから低温調理を施すと、やわらかくジューシーなローストポークが出来上がる。

　そうやって葵が仕込みをする様子を、冷蔵庫の横のビールケースに腰かけた少女は興味深そうに見守っていた。

「テンコ、もっと近くで見るか？」

　葵が聞くと、少女は頭に巻いたタオルの下で眉を寄せる。髪の毛をキッチン内に落とさないために、三角巾の代わりに巻いてやったものだ。狐の耳も、うまいこと隠れてくれた。

「テンコではない。わしの名は――、――――、――テンコ――、であるぞ」

「はいはい、テンコね」

　なにも葵は、意地悪で正しい名前を呼ばないのではない。彼女が名前として伝えてくる言葉が、どうしても聞きとれないのだ。

神様（ではないらしいが）の名前だからだろうか。そのため、かろうじて聞きとれた「テンコ」を、彼女の名前として葵は呼んでいる。

「で、たぬきケーキとやらはなんで必要なんだ？　きみに力がない、ってところまでは聞いたけど」

少女――テンコはなお不満げだったが、つっかかっても事態は進展しないと判断したらしい。一つ息を吐いてから、さっきまで語っていた身の上話を続けた。

「そうじゃ、わしは今ほとんど力がない。御山のために、神通力を使い果たしたからのう」

「神通力っていうのは、テンコが持ってる力なんだっけ」

「そうじゃ。山主になる際に、天から授かった力じゃな。御山が激しく傷を受けた時は、山主が神通力でその傷を癒す。しかし、使い果たしてしまえばこのざまよ」

テンコは忌々(いまいま)しそうに包帯の巻かれた腕を見下ろす。

たぬきケーキとやらを探し回るうちに田んぼに迷いこみ、野良猫にひっかかれてしまった。その傷のせいで、テンコは今、ますます弱っているという。

「神通力がないのに、人間には変身できるのか？」

実のところ、葵はそれが気になっていた。テンコは、「うむ」と頷(うなず)く。

「人に化ける術は、神通力を使わぬ。山主は神通力とは別に、変化(へんげ)の力を持つからな」

「へえ、すごいじゃん」

「ふふん、そうじゃろう」

テンコは得意げに笑う。

なんとなくこいつの扱い方がわかってきた、と葵は思う。葵には歳の離れた妹がいるのだが、小さい頃は機嫌を損ねないために、こうして褒めてやっていたことを思い出した。

しかしテンコは、すぐに肩を落とした。

「……じゃがのう、このままでは次に御山が傷ついた時、わしは何もできぬ。一刻も早く、神通力を取り戻さねば。そのために必要なのじゃ、たぬきケーキが」

「……気になってたんだけど、なんでたぬきケーキなんだ？」

肉の仕込みをいったん終わらせ、葵は蒸したかぼちゃを取り出した。生クリームや蜂蜜とミキサーにかけ、日替わりデザート用の自家製ソースにするものだ。

「お前にこの思いが伝わるかどうかわからぬが」

葵がかぼちゃを潰す様子を眺めながら、テンコは言った。

「たぬきケーキを初めて口にした時……これは絶対に、わしに必要なものじゃと感じた。驚くほど体になじみ、力がみなぎっただけではない。御山を見守る間に、知らず知らずのうちに張りつめていたものが、ほどけていくようであった。他にも人間の食い物を食べたことはあったが、あれは初めての経験であったな」

思いがけない言葉だったが、なるほど、と葵は納得した。

甘いものを食べると心が満たされる、という時があるけれど、テンコも同じ理由でたぬきケーキとやらを欲しているのだろう。そういうところは、山主も人間と同じなんだなと思うと少し面白かった。

「それに、きっとあやつも……」

「あやつ？」

葵が聞き返すと、テンコはあわてたように首を振る。

「いや、気にするな。とにかくたぬきケーキさえ食べれば、神通力も戻る……おい、なんじゃそれは！」

テンコが叫んだのは、葵がミキサーのスイッチを入れたからだ。

ブィイン、と音を立ててかぼちゃと生クリームを攪拌（かくはん）する機械を、テンコは引きつった顔で見ている。

「ずいぶんと恐ろしい音がするが……いったい何をしておるのじゃ？」

「そんな怖がらなくても大丈夫だよ」

中身がどろどろになったのを確認して、葵はスイッチを切った。完成した黄色いかぼちゃソースを、ソースディスペンサーにつめていく。

「べ、別に怖がってなどないわ」

と言いつつ、テンコは完全に腰が引けている。葵は思わず声を上げて笑った。

「ごめん、もうこれは使わないから。……で、そのたぬきケーキはいつ、どこで食べたんだよ。その時の店とか、覚えてない？」

葵の問いに、テンコは首を振る。

「覚えておらぬ。ある日突然もらったのじゃ。初めて見るものであったからのう、最初は面食らったが……とにかく美味であった」

テンコはうっとりと目を細める。たぬきケーキとやらを知らない葵にも、テンコが味わった至福が伝わってくるような表情だ。そんな味に出会えるなんて、ちょっとうらやましい。

ミキサーボトルを洗い、再び肉の仕込みに取りかかる。肩ロースを真空パックにつめ始めた時だった。

「葵くん、おはよー」

裏口のドアが開き、坂下が現れた。いつのまにか、坂下が出勤する十時半を回っていた。しまった、と思う間もなく、坂下の目がテンコにとまる。

テンコも、きょとんとした顔で坂下を見返した。

「あ、やべっ……店長、これはですね……」

事情を話そうとすると、すごい力で肩をつかまれた。

「葵くん、やばいって何!? 誘拐!?」

「待って待って、飛躍しすぎ! 話聞いてください!」

葵は必死になって、肩にめりこんだ坂下の手をたたく。

テンコはきょとんとした顔のまま、首をかしげてそんな二人を見ていた。


「……で、あの子は親戚の子で?」

「はい」

「ご両親が長期出張でいないから預かることになって?」

「はい」

「寂しがるし、心配だから連れてきたと」

「……はい」

坂下は「なるほどね」と大きく頷き、一拍置いてから、

「嘘(うそ)つけ」

と、モップがけをしていた葵の肩をパアンとはたいた。「いてっ!」と葵はよろめく。肩が外れるかと思った。筋骨隆々(きんこつりゅうりゅう)とした坂下は、こういうちょっとした一撃もひどく重いのだ。

「嘘つくにしてももっとマシな嘘にしなさい」

あきれた顔で言い、坂下は味噌汁(みそしる)の鍋をかき混ぜる。葵はつい「すみません……」と小声で詫(わ)びた。さすがに十七年も接客業をやっているだけあり、坂下の洞察力は鋭い。

「でも、店長が心配するようなことは起きてませんから」

「……まあ、葵くんまじめだし、さすがに犯罪はないだろうと思ったけど」

坂下は苦笑し、炊きあがったご飯を保温ジャーに移す。キッチンの奥へちらと視線を投げ、声をひそめて葵に尋ねた。

「どういう関係なの、実のところ」

キッチンの奥の、店の二階へと続く階段に腰かけて、テンコはメロンパンを食べている。

「お腹空(なか)いてるでしょ」と、坂下が自分の朝食用に持ってきたものを分けてやったのだ。

目を輝かせているところを見ると、どうやら気に入ったらしい。

「えっと……うまく言えないんで、詳しい事情は聞かないでもらえますか」

「ええ?　面倒な話じゃないだろうな、おい」

「絶対店長に迷惑はかけません。一人にしておけないので、あの子をここに連れてくるのを許してください」

我ながら勝手な言い分だなと、必死に説明しながら葵は思う。けれど、テンコを一人で放っておきたくなかった。

出勤前、テンコを乗せた自転車をひいていた時に気づいたのだが、テンコの体はとても軽い。ひどく弱っている、という言い分は大げさではないのだろう。

坂下はしばらく難しい顔で仕込みを続けていたが、葵がフロアの掃除を終えた頃、「わかったよ」と頷いた。

「あ、ありがとうございます」

まさかこんなにあっさり了承を得られるとは。頭を下げた葵に、坂下は笑う。

「葵くんが頼みごとなんて珍しいからね、今回だけは聞いてやろう。仕事の邪魔しそうなやんちゃな子にも見えないし。二階にいてもらいな」

二階には物置部屋とトイレと仮眠室がある。葵はまだパンを食べているテンコに声をかけ、階段を上った。

「葵、これはなんじゃ？　とてつもなくうまいぞ」

「メロンパンだよ。近くのパン屋さんの人気商品なんだ。あとで店長にお礼言いな」

階段を上りきった先の襖を開け、テンコを招き入れた。仮眠室は五畳の和室だ。中央にはローテーブルがあり、隅には布団が畳んで置かれている。

「三時半くらいには仕事終わるから、ここで待ってて。食べたいものとかあるか？」

物珍しそうに室内を見回していたテンコは、葵の言葉に首を振った。

「食うなら何よりたぬきケーキじゃ。わしは、一刻も早くたぬきケーキが食べたいぞ」

「わかった、わかったから」

テンコの頭のタオルを、葵はそっととってやる。ぴょこん、と狐の耳が飛び出した。

「店長とか、お客さんにも聞いてみる。俺よりよっぽどこのあたりにくわしいから」

テンコは不安げに葵を見ていたが、やがて小さく頷いた。励ますように頷き返して、葵は部屋を出る。階段を下りようとした時、テンコの「頼んだぞ」という声が聞こえた。

一階に戻り、葵はエプロンを腰に巻いた。壁の時計は、あと少しで十一時になろうとしている。

もう開店の時間だ。ドアを開け、「キッチンハルニレ」と染め抜かれた紺色ののれんを出す。

見上げた秋の空は、気持ちよく晴れ渡っていた。今日もたくさん人が来そうだ。

葵は店内に戻り、キッチンに入った。坂下の横で、ランチセットのサラダやデザートの準備を手伝う。

洋食店・キッチンハルニレの看板メニューは、選べる二種の豚肉丼がメインの日替わりランチセットと、毎月変わるデザートだ。料理がおいしいのはもちろんだが、店の雰囲気も葵は気に入っている。

カウンターは五席、テーブル席は四つと、店の規模は小さめだ。けれど、採光に考慮した窓のおかげで店内は常に明るく、開放感がある。ヒノキ材のテーブルは、日の光を浴びると木のぬくもりを存分に発揮して、並ぶ料理をよりおいしそうに見せた。

洒落(しゃれ)ているが、肩肘(かたひじ)張らずに料理を楽しめて居心地がいい——それが、キッチンハルニレだ。「東京近郊のおいしい洋食店」として、グルメ系の大手ウェブメディアで紹介されたこともある。その効果もあって、坂下が店をオープンしてから一年半、売り上げは毎月好調で、常連客もどんどん増えている。

十二時すぎ、近所にある不動産屋の事務員たちが来店した。それからあっというまに人が増え、店内が満席になる。葵はひたすら注文をとり、ランチセットを運び、「ありがとうございました」と笑顔で客を送り出した。

テンコとの約束は、そんな忙しさの中ですっかり忘れてしまっていた。思い出したのは、午後二時すぎ——客の入りも落ち着き、店内がようやく静かになった時だった。

「あ、たぬきケーキ……」

葵のつぶやきに、坂下は豚バラ肉を切っていた手を止める。

「え？　何ケーキだって？」

「店長、たぬきケーキって知ってます？」

「たぬきケーキぃ？」

坂下は首をひねり、低温調理済みの豚バラ肉を鍋に放りこんだ。

「聞いたことないな、そんなの。何、テレビでやってたとか？」

「あの子が食べたがってるんです。どこで食べたかは覚えてない、って言うんですけど」

「へえ、どっかのローカル食かな。あるじゃん、実は関東にしか売ってないお菓子とか。……はい、バラ肉丼。一番テーブルにお願い」

「はーい」

葵はフロアに出て、一番テーブルに「お待たせしました、バラ肉丼です」と丼を置く。ついでに空いたテーブルを拭き上げてからキッチンに戻ると、坂下が言った。

「ていうか、ネットで調べてみれば」

「……あ」

言われてみればそうだ。

午後三時、ランチタイムの営業が終了すると、店は二時間の休憩に入る。軽い掃除を終えた葵は、スマホを操作した。連絡アプリの通知が溜まっているのが見えたが、無視した。どうせ、暇を持て余した妹だろう。

ところが、「たぬきケーキ」とブラウザアプリに打ちこんだ瞬間、思いがけない検索候補が葵の目に飛びこんできた。

『たぬきケーキ　絶滅危惧種』

「え？」

少し迷ってからそのキーワードで検索する。

予想外の内容に、葵は面食らいつつ、画面をスクロールする指を止められなかった。

三時半になると、遅番勤務の同僚・多和田美奈がやってきた。仕込みの引き継ぎをしたら、早番の葵は上がりだ。いつものように、坂下にまかないを作ってもらう。

「高田うどんさんから、余ったうどんもらったんだ。油揚げも余ったし、今日はきつねうどんな。美奈ちゃんはどうする？」

「大丈夫です。食べてきたんで」

発注リストから目も離さず、多和田は淡々と答えた。無口、かつ無表情な女性だが、坂下はよく多和田に話しかけている。多和田は多和田で、ごくたまにだが坂下に笑顔を見せていることがあり、もしや二人ってつき合ってんのかな、と葵は推測していた。

「あ、あの子も食べるよね？　葵くん、嫌いなものとかアレルギーないか聞いてきて」

　坂下に言われ、葵は店の二階に向かった。

　仮眠室の布団の上で、テンコは目を閉じて足を組んでいた。座禅みたいな格好だ。

　葵が部屋に入ると、テンコは目を開けた。

　夢を見ていたような、少しぼんやりした顔だ。

「おお、葵。勤めは終わったのか」

「うん。……何してたんだ？　瞑想？」

「御山の様子を探っておったのじゃ。わしの意識を分身にして、御山に飛ばしておった。あれじゃ、お前たちが言うところの『幽体離脱』と似たようなものじゃ」

「へえ、そんなことできるんだ」

「ふふん、神通力が少なくてもこれくらいできるわ」

　テンコは得意そうに胸を反らす。しかし、葵が「店長が、ごはん食べるか？　って」と尋ねると、「むむ、飯か」と困ったように眉を下げた。

「食べなくてもいいなら、断ってくるけど」

「そういうわけではない。……しかしのう、実のところ人間の食い物は……その、好みではない味が多いというか」

歯切れ悪く、テンコは言う。……要するに、嫌いなものがあったら嫌ということか。神様っぽいところを見せたかと思えばこれだ。子どもみたいだな、と葵は笑った。

「食べてみなよ。店長のまかない、本当にうまいからさ」

「……まあ、メロンパンとやらは絶品であったし。その、テンチョウ？　の味覚は信頼できるか……」

テンコの頭にタオルを巻いて、一階に戻る。坂下が、きつねうどんを丼に盛っているところだった。

物珍しそうにうどんを眺めるテンコに、多和田がちらりと目をやった。が、結局何も言わずに仕込みを続けている。安定のクールさだ。

「店長、この子のぶんもお願いします」

「ちょうどできたよ。はい、どうぞ」

坂下に手渡された丼を、テンコはおそるおそるといったふうに受けとる。カウンター席ではテンコの足が浮いてしまうので、葵は彼女をともなってテーブル席に着いた。

「うまい！」

一口食べた途端、テンコが目をきらきらさせて叫んだ。坂下は声を上げて笑う。

「それはよかった。どんどん食べてね。……で、葵くん」

いきなり呼ばれた葵は、箸を持った手を止める。

「なんですか、次のシフト変更ですか？」

「違う違う、たぬきケーキってやつはどうなったのさ。その子が食べたがってるんだろ」

さきほど、葵が眉間にしわを刻んでスマホを見ていたせいか、坂下も何があったのか気がかりだったらしい。「たぬきケーキ」と聞いて、テンコもぱっと丼から顔を上げた。

「なんじゃ、何かわかったのか？」

「うん。なんていうか、ある意味有名なケーキみたいで」

「何、どういうこと？」

坂下の声に、葵はあるウェブサイトを開いたままのスマホに目を落とす。

「昭和の頃は、全国のケーキ屋さんで普通に取り扱ってたらしいんです。だけど、時代が進むにつれて消えちゃったみたいで。今では限られた店でしか作ってないそうなんですよ」

「へえ、そんなことあるんだねえ。ケーキなんてお祝いの定番なのに」

「うーん、バタークリームを使ってるのが原因かもってこの記事には書いてあります」

葵のスマホに表示されているのは、グルメ系ウェブメディアの「今や絶滅危惧種!? 懐かしのたぬきケーキを求めて」という記事だ。

記事には、チョコレートでコーティングされた、茶色いケーキの写真が載っている。カップケーキ状の土台から、デフォルメされたたぬきの顔が突き出たようなケーキだ。

写真で実物を確認しても葵にとってはやはり見覚えのないものだったが、なんとなく懐かしさを感じる見た目だった。

たぬきケーキの定義として、その記事には「土台となるケーキの上にバタークリームを盛り、全体をチョコレートでコーティングして、仕上げにたぬきの耳と目玉をつけたもの」と書かれている。バタークリームとは、生クリームが鮮度を保ちにくかった昭和の頃、ケーキのデコレーションに使われていたもので、バターに卵白と砂糖を混ぜて作るらしい。

冷蔵庫の普及により、生クリームのケーキが一般的なものになってからは、バタークリームを使ったデコレーションケーキは衰退の一途をたどったという。たぬきケーキもそうやって絶滅危惧種になってしまった、今ではごく限られたケーキ屋でしか売っていない、と記事内では解説されていた。

「それでも懐かしの洋菓子ってことで、今もたまにメディアで取り上げられたりするみたいですね。他にはない味だからって、愛好家の人もそこそこいるみたいで」

「バタークリームって作るの難しいから、そのせいで衰退したのかもね」

坂下は言って、自分のきつねうどんを食べ始めた。

葵もやっと箸を動かし、うどんを味わう。出汁の風味が疲れた体に沁みた。コシのある麺も、甘辛い油揚げもとてもおいしい。

「イタリアンメレンゲとバターを混ぜるだけなんだけど、そのイタリアンメレンゲを作るのが大変で。卵白に入れる砂糖を、水あめみたいに煮立たせなくちゃならない」

と、食事の合間に坂下は説明する。

「その温度が高すぎても低すぎてもだめで。百十七度から八度がベストで、それを見極めるのが難しい。温度計は測る場所によって温度がずれてくるから、指で温度を確かめるのが確実なんだけど。これがベストな温度だ！　って体が覚えるまでに、当然時間がかかる」

「へえ、なるほど」

「で、そうやって熱した水あめ状の砂糖を少ーしずつ入れて、そのたびにハンドミキサーの最高速度で混ぜて熱を飛ばす、っていうのを繰り返す。それもけっこうコツがいるから、イタリアンメレンゲは完全に習得するのに時間がかかるってわけ」

「なんか、店長詳しいですね。経験あるんですか？」

「専門学校にパティシエコースもあったからね、そこの同期に聞いたんだよ。……で、絶滅危惧種っていったって今も売ってるわけだろ。それはどこなの？」

「そうじゃ、はようそれを教えてくれ」

それまで葵と坂下のやりとりを黙って聞いていたテンコが身を乗り出す。

葵はスマホの情報を読み上げた。

「このへんは東京に比べると店は少ないけど、そのうち一店が近くにあるみたいだ。たぶん、テンコが食べたのもそこの店のケーキなんじゃないかな」

「本当か！」

テンコの顔がぱっと輝く。その表情に、周りの空気まで明るくなった気がした。

坂下は「よかったねえ」と笑う。葵も、肩の荷が下りた気がして、ほっと息を吐いた。


その後、テンコはすっかり葵の家に居ついてしまった。葵の生活は一変したが、仕事ばかりのせわしない日々の中で、案外すぐに慣れた。

朝はテンコとともにキッチンハルニレに向かい、昼はまかないを一緒に食べる。夕飯は基本的に、葵が作っている。生姜(しょうが)焼きなどの肉料理は、テンコも「うまい！」と綺麗に平らげるのだが、野菜は嫌いなようで、「残さず食べろ！」「いいや、食べぬ！」と、親子じみた攻防を繰り広げる日も少なくなかった。

そうして、テンコが来てから初めて迎えた休日。

葵は、テンコを連れて電車に乗った。運行本数も多く、都心へのアクセスが抜群で、山王町の住人がよく利用する私鉄だ。

電車がホームに滑りこんできた時、テンコは「ほう」と目を丸くした。

「これが電車か。近くで見るのは初めてじゃ」

「へえ、知ってたんだ」

意外な気持ちで言うと、テンコは目深にかぶったニット帽の下から葵を見上げる。

ぶかぶかのニット帽は、耳を隠すために葵が貸したものだ。かなり目立つ巫女の服も、カーディガンを着せて隠した。袖は何度もまくり上げなければならなかったが、巫女の服のままでいるよりはましだ。

「それはそうじゃ。人間たちの営みはすべて山主の耳に入っておる」

「ふーん」

車内でのテンコは、窓の外を眺めるのに夢中で一言もしゃべらなかった。ニット帽とカーディガンのおかげか、葵たちは特に注目を集めることもなく、目的の駅に到着した。

駅舎を出て、こぢんまりした商店街に入った。古びた店のつらなりを通り抜けると、マンションや全国チェーンの飲食店が並ぶ大通りに出る。

目的の「洋菓子店マリア」という店は、大通りの曲がり角に立っていた。

古びた白いレンガの壁に色あせた赤い屋根という外観は、おとぎ話に出てくる家のようでかわいらしい。「パティスリー」より「ケーキ屋さん」と呼ぶのが似合う店だ。

甘い焼き菓子の匂いが、店の外にも漂っている。ガラスのドアを押すと、チリンとドアベルが鳴った。ショーケースの中には、たくさんのケーキが並んでいる。

「はあー……」

ショーケースを覗き、テンコが感嘆の声を上げる。葵も、色とりどりのケーキたちに胸を躍らせていた。ケーキの上の、つやつや輝くいちじくやぶどうも、とてもおいしそうだ。

しかし、肝心のたぬきケーキは、ショーケースの中に見当たらなかった。テンコも、不安そうにショーケースと葵の顔を見比べる。

「まさか、売っておらぬのか？」

か細い声で、テンコはつぶやく。同時に、軽やかな声がした。

「いらっしゃいませ」

店の奥から、老齢の男性が姿を現す。店主だろうか。葵は思いきって尋ねた。

「あの、たぬきケーキというものを買いに来たんですが……」

まさか、もう作っていないのか。もしくはあのウェブの記事が間違っていたのだろうか。

葵の不安をよそに、店主は「ああ、たぬきね」とあっさり言った。

「ありますよ。今日は仕込みが遅くなっちゃって……厨房で冷やしてたんですが、もうそろそろいいでしょう」

テンコの顔が、ぱっと輝いた。奥の厨房に引っこんだ店主は、すぐに大きな皿を持って戻ってくる。皿の上には茶色いケーキが乗っていた。

ああ、よかった。葵は安堵の息を吐いた。これで、テンコの目的は果たされる。

店主がショーケースにケーキを並べる間に、テンコははずんだ声で言った。

「葵、これこそたぬきケーキじゃ！」

「うん、そうだな。見つかってよかった」

「そうじゃ。ああ、はよう食いたい、待ちきれぬ！」

テンコの嬉しそうな顔に、葵もつられて微笑む。たぬきケーキを二つ注文すると、店主は尋ねた。

「お持ち帰りでしょうか？　裏庭にちょっとしたお席を用意してあるので、そちらですぐに食べることもできますが」

テンコが期待に満ちた目で葵を見る。「外で食べます」とつげると、店主はショーケースからたぬきケーキを二つ取り出し、白い小皿に乗せた。代金を受けとるとフロアに出て、焼き菓子コーナーの奥にあるドアを開けてくれる。

ドアの先には日当たりのいい、小さな庭が広がっていた。ケーキの乗ったお盆を葵に渡し、「ごゆっくり」と店主が厨房へ戻ろうとした時だった。

「すまぬが、少しよいか」

テンコが突然、店主に声をかけた。

突然の呼びかけに、店主が「はい?」ときょとんとした顔で振り向く。

なんだいきなり、と葵も驚いてテンコを見下ろした。

二人分の視線を浴びても、テンコは動じない。なぜか、とても真剣な顔だ。

「おぬし……この、金の髪を持つ者に覚えはないか」

毛先だけが銀色をした、不思議な色合いの金の髪をつまんで、テンコは尋ねた。

「え?」

店主の顔に困惑が浮かぶ。葵も同じ気持ちだった。本当になんなんだ、いきなり。

「えっと、以前もうちに来ていただいたんでしょうか」

「……いや、よい」

テンコは目を伏せ、首を振る。

葵には、テンコが落胆しているように見えた。

「よいのじゃ。妙なことを聞いてすまなかった」

ドアの向こうは芝生の庭になっていて、中央に丸テーブルとガーデンチェアが置かれている。葵はそこに座ると、丸テーブルに盆をそっと置いた。

となりに座ったテンコはフォークを手にとり、嬉しそうに言う。

「まごうことなきたぬきケーキじゃ」

そういえば、テンコはどこでフォークの持ち方を覚えたんだろう、と葵は思った。まかないを食べる時は、慣れた様子で箸を使っていたし、誰かに教えてもらったのだろうか。

「葵、食べぬのか？」

まじまじとテンコの手元を見ていたら、そう尋ねられてしまった。

「ごめんごめん、早く食べるか」

テーブルに置いたケーキを、葵は改めて観察する。

カップケーキ状の土台から、たぬきの顔がぽこんと生えているような見た目だ。目の周りが白いへこみになっていて、顔の模様をうまく表している。耳は、ななめにささったアーモンドスライスが表現していた。

一見シンプルなのに、よく見ると細かい工夫がたくさんある。葵は感心した。へこみの白は、どうやらチョコレートコーティングの下のバタークリームの色のようだ。おそらくチョコレートをかけたあと、熱いうちにスプーンか何かで目の周りを削りとるのだろう。

ひととおり観察を終え、ようやく葵がフォークを手にとった時だった。

「うーむ……」

うなり声を上げ、テンコが首をひねる。皿の上のたぬきケーキは、すでに半分ほど食べられた状態だった。

「どうした？」

テンコは眉間にしわを寄せて難しい顔をしている。記憶をたどるように、何度も目を宙に泳がせてから、ぽつりとつぶやいた。

「……違う」

「違う？」

頷いて、テンコはケーキをもう一口食べた。

しばらくしてから、がっくりと肩を落とす。

「どうやらこれは……わしが食べたたぬきケーキとは別物のようじゃ……」

2章

あやつに詫びたいのじゃ

テンコを拾って三週間ほどたち、飛田山の紅葉も見頃を迎えたある日。

ランチタイムのピークを終えて一息つく葵に、カウンター席から声がかかった。

「葵くーん、聞いたわよ。かわいい女の子と一緒に食べ歩きしてるんだって？」

……聞き捨てならない言葉だ。しかし、葵はなんとか営業用の笑みを浮かべて振り返る。

にこにこ笑っている、常連のみおこさんと目が合った。今日も、豊かなグレイヘアを綺麗なお団子に結い上げている。

「ふふ、隅に置けないわねえ、あなたも」

「あはは、親戚の子ですよ。彼女とかじゃないですって」

店長め、バラしたな。葵は思わず坂下をにらむ。

山盛りの栗を前に新メニューを考案中の坂下は、葵のじっとりした視線を受け流して笑った。大粒の栗は、なじみの農家にもらったものだ。

「『葵くん、引っ越してきてからずっと職場と家の往復みたいだけど、大丈夫？　ワーカホリックじゃないの？』ってみおこさんが言うからさ。最近はそうでもないみたいだよ、って話しちゃったよ」

「え、そうなんですか」

口へ運びかけた箸を止めて、みおこさんは「そりゃそうよ」と笑う。

「年をとるとね、若い子が心配で仕方ないの。ごはんは足りてるか、とか、いい人はいるのか、とか。ここで働いてる限り食事はちゃんとしてるだろうけど、プライベートはどうなのかしら、なんてね。おせっかいかもしれないけど」

そう言って、みおこさんは食事に戻った。いつものことながら、きびきびとした箸使いだ。背すじもしゃっきりとのびている。七十代らしいが、こんなふうに年を重ねたい、と葵はしみじみと思う。

「いい人はいないですね、残念ながら」

「いいのよ、それでも」

と、みおこさんは笑う。

「恋人だろうと、親戚だろうと、友達だろうと。外に連れ出してくれる人が近くにいるって、本当にありがたいことだからね。いくら仕事のためって言ったって、家にこもってばっかりじゃよくないもの」

確かに、テンコと出会う前の葵は、休日はほとんど家にいた。包丁の練習をするよう坂下に言われ、練習しているうちに自炊にはまったからだ。

つまり、引きこもりがちだったのは、仕事だけが原因ではない。その旨(むね)を説明すると、みおこさんは「なんだ、そうだったの」と笑った。

「でも坂下くんもねえ、たまの休日くらい好きなことさせておやんなさいよ。そりゃ、あなたは経営者だから、いつだって店のこと考えなきゃならないでしょうけど」

「いや、別に強制してないよ？　葵くんはまじめだからさ」

「確かに、葵くんはまじめだけどね」

「それが理由でフラれたこともあるらしいし」

店長、まじでやめろ。上司であることも忘れ、葵はあと少しで坂下の口をふさぎそうになった。かつて「まじめすぎ、つまんない」という理由でフラれたのは確かだが、こんなところでネタにするなと言いたい。

不穏な気配を察したのか、坂下は話題をさっと変える。

「それより、試作のデザート出したら味見してくれる？　栗のやつ」

「あら嬉しい。もちろんいただきます」

よかった、話題がそれて……と、葵はほっとする。洗い物を片づけ、仕込みに取りかかった。豚バラと豚肩ロースをソミュール液に浸し、野菜を切っていく。

たぬきケーキを探すようになってから、休日はテンコと電車に乗って出かけるようになった。と、いってもまだ三回だが。

知らない町では、身の置き所がどこにもないような寂しさも覚えるけれど。それ以上に、新しい風景を見る楽しさが感じられた。

確かにそれは、テンコと出会わなければ知らなかったものだ。

葵は小さく笑い、野菜を切り終えて次の仕込みに取りかかった。


次の休日はよく晴れ、最寄りの山王町駅には人があふれていた。テンコの切符を買い、都心へ向かう電車に乗る。乗り換えも含め、十五分ほどで目的の駅に着いた。

駅前のロータリーから、狭い道が何本ものびている。道の左右には商店が並び、活気に満ちていた。

「葵、はようその、地図あぷり？　とやらを動かしてくれ」

「ちょっと待って、GPS切れちゃって……」

地図アプリに苦戦する葵の周りを、テンコはうろちょろする。動きに合わせて揺れるスカートの裾が、どこかに引っかかりやしないかと葵はひやひやした。

巫女の服は目立つので、最近は洋服を着てもらっている。今日はパーカーにスカートだ。テンコは最初、着方がわからず戸惑っているようだったが、すぐに慣れてくれた。

金髪だけはどうしても目立つものの、洋服を着て帽子を被ったテンコは、それなりに周囲になじんで見えた。子ども服売り場は未知の世界で緊張したが、買ってよかったと葵は思う。

ようやく地図アプリを起動して、人通りが多い道を五分ほど歩くと、目的の「アンシャンテ製菓店」にたどり着いた。軒下に、アイスの入った冷凍ショーケースやカプセルトイが置かれているさまは、ケーキ屋というよりは駄菓子屋みたいだ。

「ここであればよいのじゃが」

テンコがつぶやく。葵も頷いた。たぬきケーキを扱っている店を回り始めて、今日で四店舗めだ。そろそろ目的のケーキが見つかってほしい。

開け放されたガラス戸から店内へ入った。売り場はかなり狭いが、明るく清潔感がある。ショーケースにはたくさんのケーキがきっちり並べられ、見ているだけで胸が躍った。

「葵、見ろ」

テンコが声を上げる。ショーケースの中には、つやつや輝くたぬきケーキが並んでいた。

「いらっしゃいませ」

店の奥から、女性の店員が現れた。テンコに肘でつつかれ、葵は注文する。

「たぬきケーキを二つ、お願いします」

「はい、ありがとうございます」

二つのたぬきケーキを箱に収める店員に、葵は思いきって尋ねた。

「あの、ここのお店って、昔は山王町にありませんでしたか?」

その情報は、ある筋から入手したものだった。

店員は目を見開いて、「あらあら」と笑う。

「よくご存じですね。確かに十年ほど前は、山王町に店を構えていました」

「たぬきケーキはその時から?」

「ええ、看板商品でしたよ。今も、山王町でマルシェやお祭りがあると、私たちも出店するんですが。たぬきケーキはそのたびに完売。根強いファンの方が多いんです」

葵は思わずテンコを見た。テンコも、嬉しそうに葵を見る。移転した今も山王町でケーキを売っているのなら、テンコが食べたものである可能性が高いだろう。

「最近はテレビで紹介されたりもしてね。そのおかげで、お客さんたちみたいな若いファンの方も増えてます」

そう言って、店員が箱を渡してくれた時だった。

「すまぬが、尋ねたいことがある」

テンコが声を上げる。まただ、と葵は思った。

たぬきケーキを買う時、テンコは必ず店の人に声をかける。そして、毛先が銀色の金髪を見せながら問うのだ。「この金の髪に見覚えはないか」と。

今日もまた、テンコはその問いを投げた。そして店員に「いいえ」と返され、落胆して肩を落とす。もう毎度おなじみの光景だ。

なんなんだろう、と葵は今日も不思議に思ったが、後ろに客が並んだので、箱を受けとってすぐに店を出た。

「がっかりすんなって。山王町にあった店なら、当たりの確率は高いと思うぞ」

肩を落とすテンコを、葵は励ます。テンコも、「うむ」と頷いた。

「よくそんな店を見つけられたのう。例のブログ？　とやらのおかげじゃな」

テンコが言うように、葵たちはとあるブログを参考に店を回っている。

『たぬきさんのいるところ』というその個人ブログは、たぬきケーキを扱う全国の洋菓子店のデータが記録されていた。店の外観、ケーキの写真、店の人への簡単なインタビューまで掲載されている。

アンシャンテ製菓店が山王町から移転した、という情報も、このブログに書いてあった。

いったいどういう人が運営しているんだろう、と葵は気になって仕方がない。

たぬきケーキのために全国を回り、店の人にインタビューまでするとは、並大抵の情熱ではない。管理人のアイコンに設定されている写真が、たぬきのマスコットつきのヘアクリップなので、女性だろうとは思うのだが。

葵たちはケーキを持って、近くの公園に向かった。

ベンチに座るやいなや、テンコはケーキの箱を開け、持参した紙皿にたぬきケーキを乗せた。イートインできない店に行く時は、こうして紙皿とフォークを持参することにしている。

テンコはフォークで器用にケーキを切り分け、一口ぶんをほおばった。

葵はその様子を、固唾を呑んで見守る。

テンコは難しい顔で口を動かし、また一口食べた。

「……今日のは、どう？」

葵の問いに、テンコは力なく笑った。

「これも違うのう。期待しておったのじゃが」

「そっか、残念だな」

「しかしこのケーキはかなりうまいぞ。葵も食うてみい」

葵はもう一つのたぬきケーキを自分の紙皿に乗せ、まずはじっくり観察する。

たぬきケーキは、たぬきの顔や、土台になるケーキの形状が店ごとに違う。その違いを観察するのが、すっかり習慣になってしまった。

アンシャンテ製菓店のたぬきケーキは、カップケーキ状の土台から顔が出ている。葵はまだ見たことがないが、『たぬきさんのいるところ』によると、ロールケーキや三角のカットケーキを土台にしたタイプもあるらしい。

顔はやや大きめで、アーモンドでできた耳は小さい。顔の模様と、その中に描かれた丸い黒目は、他の店のものと大差ない。ただ顔の模様の中央、尖った部分に、チョコペンを絞り出したような丸い鼻がちょんとついていた。それだけの工夫で、かわいらしさが増すように見えるから不思議だ。

フォークをかまえた葵は、ケーキを切り分けて口に運ぶ。たぬきの顔を壊すのはうっすら罪悪感を覚えるが、こうしないと食べにくいので仕方がない。

「どうじゃ？」

「おいしい。バタークリームが全然脂っこくなくて……香りは、ちょっとミルクっぽいっていうか。チョコも甘すぎなくて、クリームに合うし。いいな、これ」

これまで食べたたぬきケーキとは、若干趣が違う。背伸びした空間でいただくお茶菓子のよう、とでもいうのだろうか。

たぬきケーキの食べ歩きをするようになって思うのは、当たり前だが、一つとして同じケーキはないということだ。味や香りは少しずつ違って、どの店も自分たちなりの製法で工夫を凝らしてケーキを作り続けていることがわかる。

しばらく、二人は無言でケーキを食べ進めた。もごもご動くテンコの頬は、出会ったばかりの頃より血色がよく見える。

「たぬきケーキを食べ歩くだけじゃ、神通力とやらは取り戻せないのか？」

葵は尋ねる。この調子なら、思い出のたぬきケーキにたどり着けなくてもテンコは力を取り戻せるのではないか。

しかし、テンコは首を振った。かたくなな声で、断言する。

「ならぬ。あれでないとだめじゃ」

本当にそのケーキでなければ力が戻らないのだろうか、と葵は思った。こういうのは、本人の気持ちの問題なのかもしれないが。

少しの間を置いて、テンコはひとりごとのようにつぶやく。

「……わしはあれを探さねばならぬ。冬が来る前に、どうしても……」

「え？」

葵は驚いてテンコを見た。

テンコは「しまった」という顔で、葵から目をそらす。

胸の内で膨らんでいくばかりの疑問を、葵はぶつけてみることにした。

「冬が来る前にって？　それに……テンコはさ、たぬきケーキ以外にも探してるものがあるんじゃないのか」

たぬきケーキの店を訪れるたび、「この金の髪に見覚えはないか」と尋ねるテンコを見るうちに、葵は思ったのだ。

テンコは、自分と同じ髪——毛先だけが銀色という、不思議な金の髪を持つ誰かを探している。目的のたぬきケーキを見つけることが、その人の手がかりになるのではないか、と。

テンコは葵と目を合わせようとしない。

しかし、葵がじっと見つめるうちに、観念したように口を開いた。

「神通力のために、かつて食うたたぬきケーキが必要なのは本当じゃ。あの味でなければ、わしの力は完全には戻らぬと思う。……そして」

テンコは、空になった紙皿に目を落とした。

「葵の言うとおりじゃ。わしには、探している者がいる」

ケーキを食べ終えてすぐ、葵たちは電車に乗った。

乗換駅で降りる時も、最寄り駅に向かう車中でも、テンコは無言だった。葵も黙ったまま、車窓の外の風景を眺める。

探している者がいる——テンコは、それ以上のことは明かさなかった。いろいろと気になるが、テンコが自分から話すのを待たずに聞いていいものか、葵にはわからない。いや、もっと踏み込んだほうがいいのだろうか。しかし、今は何を聞いても答えてくれない気もする……などと、悶々と悩んでいる間に、電車は最寄り駅に到着した。

「ご乗車ありがとうございました。山王町です」

アナウンスが車内に響き、ドアが開く。テンコをうながし、葵はホームに降り立った。改札を出て、駐輪場へ向かう。

「今日の夕飯、何が食べたい？」

いい加減、沈黙に耐えかねて葵は言った。しかし、テンコは答えない。返事の代わりに、葵の腹のあたりにぐりぐりと頭を押しつける。

「……眠い……」

沈黙していたのは、疲れたせいでもあるらしい。葵は少し迷ってから、テンコを抱え上げた。駐輪場の自転車は、明日回収するしかない。

テンコの体は相変わらず軽く、あたたかかった。はるか昔、「疲れた」とぐずる妹を抱っこしてやった時のことを思い出す。

「葵、その抱え方は足が痛いのじゃが」

「うるさいなあ……」

文句を聞き流しつつ、葵はテンコを抱きかかえて歩いた。

今日も、町並みを見下ろすようにそびえる飛田山がよく見える。紅葉でところどころ色を変えた山の姿は、とても綺麗だ。

冬が来る前に、というテンコの言葉を葵は思い出す。まさか、探す時間に限りがあったとは。だから、あんなに必死だったのだろうか。

たぬきケーキを前にしたテンコの目は、いつも真剣に見えた。そばで見ていると、時折、胸が痛くなるほどに。

「ほら、着いたぞ」

葵の家に到着して、声をかけてもテンコは反応しなかった。顔を覗きこむと、すっかり眠ってしまっている。

起こさないようにそっと帽子を外すと、垂れた耳が現れた。ベッドに運んで寝かせてやる。そういえば、寝顔を見るのは初めてだな、と思った。

テンコは夜、葵より先に眠ることはない。朝も葵より早く起きて、座禅のような格好で目を閉じ、飛田山に意識を飛ばしているようだ。少しは休めば、と葵が言っても、「御山に何があるかわからぬ」と、頑として休もうとしない。

言動はえらそうだし態度もでかいが、根はとてもまじめなんだろうな、と葵は思う。

そんなテンコだから、葵はたぬきケーキ探しに協力しているのかもしれない。


夜になってもテンコは目を覚まさず眠っていた。葵はベッドを諦め、床に毛布とタオルケットを敷いて眠ることにした。

明日は早番だ。厚着をして、夜九時には寝床に潜りこむ。床を這う冷気が骨に染みたが、疲れていたのかすぐに眠ってしまった。

いつもと違う寝床で眠ったせいか、久しぶりに夢を見た。

山の頂上のような場所に、葵は立っていた。足元では、かさかさに枯れた草が揺れている。

視線の先には、山のふもとの風景が広がっていた。畑や森の間に、民家がひしめき合うようにして立っている。民家のある場所も、かつては森が広がっていたのかもしれない。

「ご覧。綺麗だろ」

声のほうを、葵は振り向く。

枯れた草原の中央に、太く、背の高い木が生えている。

その盛りあがった根元に、着物を着た女性が座っていた。

女性は日の光を浴びて輝く、長い金の髪をしている。

ゆるく波打つ毛先だけが、染め分けたように銀色だ。テンコみたいな髪だ、と葵は思った。

「綺麗か？　わしにはわからぬ。かように森と山を破壊して、なぜ人が生きていけるのかもわからぬ」

どこからか、別の声が聞こえた。言葉遣いのわりに幼い、どこかで聞いたような声だ。

そう思った時、座っている人物がひっそりと笑う気配がした。

その顔をよく見て、葵はあっと声を上げそうになる。

その人は、テンコによく似た顔をしていた。テンコよりもだいぶ年上に見えるが、まとう雰囲気が似ている。親子と言われれば、納得してしまいそうだ。

「確かにな。だけど人々は、必死になってこの町を手に入れたんだ。一緒にいたい、そう願う誰かと暮らしていくために」

テンコに似た女性は言った。

「彼らだって、山も森も大切に思っているさ。それがなければ生きていけないのは、私たちと同じ」

「ならばなぜ壊すのじゃ」

もう一つの幼い声が不満げに問う。それは、まぎれもなくテンコのものだった。

「壊す、というのは正しくない。生きるためにそうしただけ。お前とて、ただの狐（きつね）だった頃は、生きるために争っただろう。弱きは挫（くじ）き、強きからは逃れ、必死に生きていたはず」

女性は、岩の陰（かげ）に向かって言う。どうやらそこに、話し相手――テンコがいるようだ。

「けれど人間はな、私らに対する敬意も持ち合わせている。それを忘れるな」

「蹂躙（じゅうりん）しておきながら、何が敬意か」

「それが人間というもの。彼らはいつだって、何かを心の底から慈（いつく）しみ、尊敬し、愛することができる。その対象は、同じ人だけにとどまらない。だからこそ、私らは今も生きているし、この御山も残っている」

と言って、彼女は膝（ひざ）の上に乗せていた白い箱を地面に置く。「なんじゃ、それは」とテンコの声が尋ねた。

「お前さんにやるよ」

と、女性は答えた。

「いらぬ。それは人間の食い物じゃろう？　なぜ食わねばならぬ」

「山主（やまぬし）になるからには、食っておいて損はない」

「……なりとうはないと、前も言ったはずじゃ。山主なぞ、厄介（やっかい）ごとを押しつけられるだけの存在ではないか。まして、人と共存するなど……」

テンコの口調は苦々しげだ。しかし女性は、軽やかに笑って立ち上がる。

「たとえ口ではなんと言おうと、お前さんが、御山を心から思っていることはわかった。だから、それをやろうと思ったんだ」

言葉の途中で、岩の陰から、一頭の獣が姿を現した。

金色の毛並みに、耳の先だけが銀色の狐――やっぱり、テンコだった。

テンコは警戒心むき出しの足取りで箱に近づき、器用に口で開けた。しばしの沈黙のあと、「なんじゃ、これは」と、拍子抜けしたような声で言う。

女性は声を上げて笑い、テンコの毛並みを撫でた。

「お前さん、そんな顔もできるんだなあ」

「やめろ、耳に触るな！　……で、なんじゃこれは」

箱の中身は、葵には見えない。女性はまた笑って、テンコの背を撫でる。

「たぬきケーキという。人間が作った菓子の中で、私はこれが一番好きなんだ。中でも、たぬきケーキを知るきっかけになったこの店のものは絶品でね。毎年食べても飽きない」

「ほう……これが菓子か……」

ぽつりと言ってから、テンコは笑い含みの声で続けた。

「なるほど、本来のお前そっくりの顔じゃ」

「あはは、そうかもねえ」

女性は手を動かし、テンコの顎の下を撫でる。ぞんざいだが、親愛のこもった手つきだ。

「時代の流れというやつでさ、たぬきケーキはだんだん減ってきているのだけどね。私はこれを食べるたびに、人とはいいものだ、と思うのさ。お前さんもいつかそれに気づく。……気に入ってくれたなら、また持ってくるよ」

と、彼女が笑った時、葵は目を覚ました。

ふわふわとした心地のまま、スマホで時間を確認する。

まだ午前四時だった。二度寝をする気にもなれず、天井に広がる闇をぼんやりと眺める。

その時、暗闇の中で声がした。

「葵、起きているのか」

いつのまにか、テンコが枕元に座っていた。

「夢を見たのじゃな」

静かな声で尋ねられ、頷く。テンコは「そうか」と小さく言っただけだった。

やはりその顔は、あの女性に似ていると思った。

「……テンコが探しているのは、あの人？」

葵は尋ねた。あの夢はきっと、テンコの過去の記憶だ。どうして葵にそれが伝わったのかまではわからないが。

テンコはじっと葵を見て、ふうと息を吐いた。暗闇の中で、耳が少し垂れたのがわかる。

「もう隠すことはないか。……そうじゃ、わしはあの者を探しておる」

テンコの声は淡々(たんたん)としていた。けれどその表情は、まるで大切な思い出を差し出すかのように穏やかで、同時に寂しげだった。

「わしにあれを……たぬきケーキを教えた者じゃ。かつて食うたたぬきケーキを探しているのは、あやつを見つけるためでもあるのじゃ」

あの女性は先代の山主だった、とテンコは言う。

午後三時半。キッチンハルニレはランチ営業を終えて、今は休憩時間中だった。坂下と多和田(たわだ)は買い出しに行ってしまったので、店には葵とテンコしかいない。

葵の出勤日には、テンコも店に来てまかないを食べるのが常になっていた。「まかないが一人分増えるくらいいいよ」という坂下の厚意に、完全に甘えてしまっている。

「狸(たぬき)、なのだと思う。一度だけ変化(へんげ)を解いた姿を見たが、あれは確かに狸じゃった」

「狸？　狐じゃないんだ」

てっきり、山主とは狐がなるものかと思っていた。

「山主というのは、どんな獣が選ばれるかはわからぬ。選ばれる理由も不明じゃ。すべては天の神しか知らぬこと」

と、テーブル席に座ったテンコは説明する。

「しかも、選ばれたら断れぬ。選ばれた獣は、神に近い高位の存在に召され、百年間御山を守る。それが山主じゃ」

「ふーん……」

葵はテンコの声に耳を傾けながら、低温調理器の湯に、卵を並べたザルを慎重に投入する。三十分で引き上げれば、温泉卵の完成だ。

「あやつは飛田の御山の先代山主じゃ。……いや、正確にはまだ山主なのかのう？　わしはまだ、正式に山主になったわけではないからな」

「……は!?」

驚きのあまり、手が滑った。ザルから卵がこぼれ、湯の底に沈んでいく。

卵をザルに戻し、冷蔵庫から野菜をとり出して、葵はテンコを見た。テンコは「な、なんじゃその目は」とたじろぐ。

「勘違いするな。わしはもう、ほとんど山主じゃ。お前を欺(あざむ)いたわけではないぞ」

「いや、ほとんどってどういうことだよ」

「ええい、落ち着かぬか。順を追って説明すればよいのじゃろ」

テンコはしどろもどろになりつつ、説明した。

新しい山主は通常、立春の頃に選ばれるそうだ。その獣は、神に授かった神通力により、毛の色が金色に変わる。しかしその時点では、神通力の使い方や気脈の見守り方がわからない。そのため秋までは、先代の山主が力の使い方を導くという。

「力の使い方、御山に関する知識を受け継いだ新しい山主は、冬至の日に眠りにつく。そして、翌年の立春に目を覚まし、正式に次代の山主になる、というわけじゃ」

「先代の山主は?」

葵が尋ねると、テンコは少し顔を曇らせた。

「……冬至の日に、先代は死ぬ。新しき山主が眠っている間、冬の御山は無防備である。それゆえ、先代は命と引き換えに最後の神通力をふるい、立春までの加護を施すのじゃ」

迷うような沈黙のあと、テンコはぽつりと言った。

「わしは、最後にあやつに詫びたいのじゃ」

テンコにしては静かな声に、葵は野菜を洗っていた手を止める。

「わしは、山主になどなりとうなかった。選ばれたばかりの頃は、あやつと何度も争った。

それを一言詫びねば、わしの気が済まぬ」

「……そんなに嫌だったのか？」

「うむ。厄介ごとを押しつけられた、と思っておった。それにあやつの、『人間からも学ぶことは多い』という考えが、どうも受け入れがたくてのう。反発したい一心で、御山に入る人間を脅かしたり……まあ、いろいろやったわ」

当時のことを思い出したのか、テンコは苦笑いを浮かべる。

「堪忍袋の緒が切れたのか、ある日、あやつが珍しく怒ってのう。すさまじい力で殴られてな……。その後、山主になる定めは変えられぬ、だから受け入れて御山を守れと諭され、わしもようやく覚悟が固まった。それからは、まあ思い出したくもない修行の日々であったが。……ある日、もうわしに教えることはないと言って、あやつは急に姿を消した」

「どこに行くとか、言ってなかったのか？」

「うむ。世話になった人々に、最後の挨拶をしに行くと言っておってな。たぬきケーキの店に行く、というのもその時に聞いた」

それで、たぬきケーキの店を探しているというわけだ。葵は、ようやく点と点がつながったような気がした。

「テンコは、その店の場所を知らないんだな」

「わしは、その店に連れていかれたことはないからの。神通力も、御山を守る術以外は使えぬゆえ、あやつを探すことはできぬ。であるから、こうして地道に探しておるのじゃ」

葵はネギを切りながら、これまでの話を頭の中で整理する。

「昔食べたたぬきケーキを見つければ、テンコは神通力が戻る。さらに、先代の居場所の手がかりも見つかる。テンコは先代が死んでしまう冬までに、先代に会いたい。合ってるか？」

「そうじゃ」

テンコは頷いた。

「……過去のことを詫びて、あとは安心してわしに任せよ、と言わぬままでは。わしは、胸を張って山主になれぬ気がするのじゃ」

ぽつぽつと話すテンコは、なんだか寂しげに見えた。狐の耳も、元気なく垂れている。

「山主なのに、人の知り合いがたくさんいるんだな、その先代は」

しかし、雰囲気を変えようと、明るい声で葵が言った途端。テンコの耳は、ぴんっと上を向いた。

「そうじゃ！　あやつは、とんでもない山主なんじゃぞ。ことあるごとに山を下りては、人と酒を酌み交わしておった。人と関わることも肝要であるなどと言うて、結局のところ、酒が飲みたかっただけじゃろうて……！　あやつが不在の時もわしは、右も左もわからぬまま働いたのじゃ。おかげで神通力が底をついてしまったというのに、あやつは『何事も経験だ』『これこそ、山主になるための修行だぞ』などとぬかしおって……！　ああ、本当に、思い出したくもない！」

さっきまでの寂しそうな気配はどこへやら、テンコは憎々しげに言う。狐の耳も、怒りを表すようにぶるぶると震えている。

俺、もしや地雷を踏みぬいたのかもしれない。葵はひそかに後悔した。残る仕込みを高速で片づけ、まかないの皿を持ってフロアに出る。

「話はまたあとで。とりあえず、食べよう」

テンコの前に、稲荷寿司が乗った皿をそっと置いた。

テンコはぱっと顔を輝かせ、「うむ、そうじゃな」と頷く。

狐の耳が、嬉しそうにぴょこぴょこと揺れた。とりあえず怒りが鎮火したことに、葵はほっとする。「いただきます」と手を合わせ、二人で稲荷寿司を食べる。

出汁が効いた優しい味の油揚げに、刻んだ生姜入りの酢飯がよく合う。疲れた体にちょうどいい味わいだった。

「葵の雇い主は、本当にうまい飯を作るのう」

テンコは目を輝かせて、二つめの稲荷寿司に手をのばす。そして、

「わしは、稲荷寿司も好きじゃ。あやつともよく食べたのう」

と、懐かしそうに目を細めた。

「先代の山主と？」

「そうじゃ。わしがたぬきケーキを気に入ったと知ると、あやつはわしを町へ連れ出した。まだまだうまいものがたくさんあるぞ、と言ってな。好かぬ味のものも多かったが……人に化ける術も、人の生活になじむ方法も、その時あやつに教えられた」

そう言っている間にも、テンコはごく自然な箸使いで、皿の端の卵焼きをはさむ。

なぜこいつは箸もフォークもちゃんと使えるのだろう、と葵は前から疑問に思っていたが。なるほど、先代に教えてもらったからなのか、と納得した。

「この町だけでなく、時には森や川を越え、はるか遠くへ行くこともあった。けれどな、どんな町に下りても、あやつを知っている人間が必ずいるんじゃ。それで、笑いながら話しかけてくる。酒や食材を分け与えられることまであった」

「人気者だったんだ、先代は」

「そうじゃな。そうして御山も百年見事に守り抜いたのじゃから、あやつの『人間からも学ぶことは多い』という言い分は正しかったのであろう。御山の様子で気になることはな

いか、天候はこれからどうなるか……そういう、人間の目線でしかわからぬことを、しきりに尋ねておったな。優れた山主だったのじゃ、あやつは」

「たぬきケーキの店の人とも、仲がよかったんだろうな」

葵は言って、二つめの稲荷寿司にかぶりついた。こっちは梅干しとしらす入りだ。酸味と塩気のバランスが絶妙で、とてもおいしい。

「そうじゃ。たぬきケーキの店の者とは、特に親しいようであった。あの店を見つければ、きっとあやつの足取りもわかる。……それにしても、ここまで時間がかかるとは思わなんだ。わしの手をここまでわずらわせるなど、あやつは本当にとんでもない奴じゃ」

三つめの稲荷寿司を手に、テンコはふんと鼻を鳴らす。忌々しい、と言いたげな態度に反して、寂しそうな顔をしていた。

初めて会った日のことを、葵は思い出す。ぼろぼろなくせに、懸命に威嚇した獣の姿を。先代に再会するまで死ねない、という思いがあったから、あんなに必死だったのか。

「……諦めるなよ。まだ、全部の店を回ったわけじゃないんだから。俺も、いろいろ調べてみる。だから必ず、冬が来る前に会えるよ」

テンコの目をまっすぐ見て、葵は言った。

それはなぐさめでもなんでもなく、本心からの正直な言葉だった。

テンコの大切な人を探すため、葵も出来る限りのことがしたいと思った。そして今この瞬間に、「必ず会える」という言葉を言ってやりたかった。テンコがとても寂しく、不安そうに見えたから。

葵の言葉に、テンコは驚いたように目を見開いた。

少しの間を置いて、小さく笑う。

「当たり前じゃ。まだまだお前にはつき合ってもらう」

いつもと同じ、葵に何か命じることを躊躇しない、強気な態度だ。……が、葵が、

「ところでさ、なんで最初から先代のこと話してくれなかったわけ？」

と聞いた瞬間に、テンコはぎくりとした顔になる。

金色の目が、あちこちを泳ぎ始めた。

「……それは、その。山主について、簡単に話してよいものか迷ったのじゃ」

「それだけ？」

テンコの目は、まだ泳いでいる。

葵がずいっと迫ると、テンコは観念したように再び口を開いた。

「……あやつについて話すということはつまり、わしの未熟な頃についても話さねばならぬ、ということであろう？　それが、その……」

「恥ずかしかった？」

葵がずばりと言うと、テンコは「ああああ！」と顔を覆った。ぴんと立った狐の耳が、心なしか赤いような気がする。

山主だろうと、恥ずかしい過去を暴かれるダメージは同じなんだな。

思わず葵は笑った。

しかし同時に、胸の内側でうずくものを感じた。

それは、忘れたふりをしていた過去から、にじみ出した黒い影だ。

俺は、テンコを笑えるだろうか。

答えが出ないまま、葵は、それに気づかないふりをした。

3章

何かを成すのに、自信はいらぬ

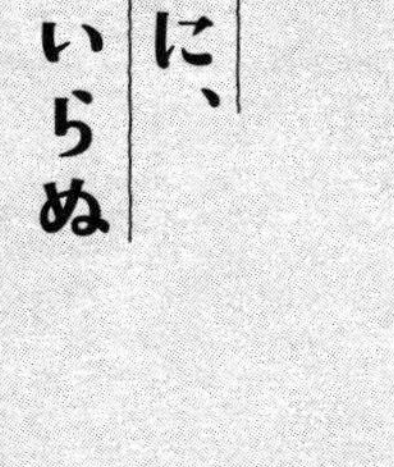

十月最後の週を迎えると、山王町の気温は一気に下がった。

キッチンハルニレの前には落ち葉が吹き溜まるようになり、常連客は厚着の人が増えた。飛田山も、少しずつくすんだ色に変わっていった。

葵はいくら掃いてもなくならない落ち葉に苦戦し、坂下は冬の新メニュー開発に取り組んだ。テンコは、その新メニューの味見係に抜擢された。いつも味見を頼まれていたみおこさんはというと、ぎっくり腰になってしまい養生しているらしい。坂下の料理を気に入っているテンコは、日々新メニューを嬉しそうに食べていた。

そんなふうに、冬の気配が近づいていたある日。葵は朝九時に、店のドアを開けた。

キッチンには坂下が立っていて、豚肩ロースの仕込みをしていた。今日葵は休みだったが、「教えておきたい仕込みがある」と坂下に呼び出されたのだ。

「おう、悪いね休みの日に」

顔を上げた坂下は、テンコに気づいて微笑んだ。

「テンコちゃん、おはよう」

テンコは勝手にカウンター席に座り、のび上がってキッチンの中を見る。

「うまそうな匂いがするのう。味見が必要なら言ってくれ」

「おいこら、やめろって」

テンコの肩をひこうとした葵に、坂下は鷹揚(おうよう)に笑う。

「いいよいいよ、いくらでも味見してほしいからさ」

坂下は、まるで孫でも見るような目をしている。

少し前に、「テンコは年末に帰る」と説明した時から、ずっとこんな調子だ。帰るまでの間、わがままをいくらでも聞いてあげよう、という気持ちになっているのだろうか。

葵は手を洗い、キッチンへ入る。一抱えほどもあるボウルに山盛りのいちごが目に入った。

「日替わりランチのデザートのソース、十二月からいちごに変えてみるわ。あと、和菓子系のデザートも増やそうかと思ってさ」

仕込みの手を止めず、坂下は説明する。よく見ると、キッチンのいたるところに小豆(あずき)の入った小鍋や、黒蜜(くろみつ)のボトルが転がっていた。

「店長、和菓子も作れるんですか?」

「店で出したことはないけどね、趣味程度のやつなら家で何度も作ったよ。店で本格的に試作始めたのは最近だけど」

さらりと坂下は言う。しかし、週六日夜九時まで休むことなく料理を作り続け、そのうえ家でも研究を欠かさないとは、すごい熱意だ。坂下がおいしい丼(どんぶり)と種類豊富なデザートを提供できるのは、常に料理に向き合い、ひたむきに新メニューを試作し続けているからなのだろう。

　前から思ってたけど、すごい人だ。葵は、雇い主への尊敬の念を新たにする。

「いちごは今までの季節系ソースと同じで、シロップとレモン汁でミキサー。まだ試作段階だけど、とりあえず一度、作り方を実際に見てもらおうと思ってさ」

「わかりました。ソース使うの、杏仁とシャーベットですか？」

「あとは、使うとしたらレアチーズケーキかな。……で、ここからが本題なんだけど」

　本題、という予想外の言葉に背すじがのびる。

　葵の緊張に気づく様子もなく、坂下はボウルの中のいちごを洗い始めた。

「葵くん、今年の四月から働いてくれてるじゃん。前の仕事辞めて、すぐに引っ越してきて」

「そうですね」

「俺も手伝ってほしくて誘いはしたけど、まさか来るとは、っていうのが正直な気持ちだったよ。葵くんの実家から通うような場所でもないし、住処にするには……まあ言葉は悪いけど、それなりに田舎だし。それでも、わざわざ引っ越してまでここで働くことを選んでくれたならさ。もう俺としては、アルバイト止まりであってほしくないっていうか」

蛇口のハンドルをひねり、坂下は水を止めた。大量のいちごを大きなザルに移し、水を切ってからヘタをとっていく。

「もちろん、アルバイトのままでいたい、って言うなら止めない。でもやっぱり、葵くんなら社員のほうが、って俺は思う。毎日ちゃんと仕事して、俺が言ったこと身につけようって努力もしてるし」

「……正式採用ってことですか？」

「ま、そういうこと」

葵の胸にきざしたのは、不思議と喜びではなかった。ただ、漠然とした不安が湧き上がる。

ひたむきに味の探求を重ねる坂下とともに、この店でずっと働く。そんなこと、できるだろうか？

それに、と葵は思う。迷う理由は一つではない。葵はかつて、思い出すだけで胸が痛くなる失敗をした。

――人々から長く愛されてきたものを台無しにしてしまう、そういう過ち（あやま）だった。

そんな自分が、キッチンハルニレで働き続けていいのだろうか。

働き始めたばかりの頃は、そんなことは考えなかった。

過ちから逃げるように前職を辞め、キッチンハルニレに転がりこんだ。新しい仕事と一人暮らしに慣れることで精一杯で、他のことを考える余裕などなく。

そんな日々の中で、忘れそうになっていた。自分が、誰かの思いを踏みにじり、台無しにした人間だということを。

「あ、別に今すぐ社員に、ってわけじゃなくてね」

迅速、かつ丁寧にヘタをむしりながら、坂下は言った。

「ただ、葵くんがどういうつもりなのかと思って。そう遠くないうちに、東京に戻って前みたいな仕事がしたい、っていうんだったら止めないし」

「……俺は……」

そう言ったきり、言葉が出なくなった。

立ち尽くす葵に向かって、坂下は「ま、とりあえず」と雰囲気を変えるように明るい声で切り出す。

「葵くんがまだ、飲食業界の新参者ってのは変わりないからさ。正式に雇うにしろ、バイトのままにしろ、ちょっとした課題をやってもらおうと思って」

「課題？」

葵は身構える。ソミュール液の原材料を味から判断しろ、とか、丼用のタレを一から作ってみろ、とか言われたらどうしよう。

「技術的な話じゃないよ。そういうのは教えればできるだろうからさ」

葵の心の声が伝わったかのように、坂下はひらひら手を振る。「じゃあなんですか」と問うと、坂下はにかっと笑った。

「簡単だよ。新メニュー考えて、作ってみてほしいんだ」

「……それだけですか？」

「それだけだよ。俺が納得すればそのメニューは採用するし、葵くんも正規雇用の従業員にする。適当に考えるなよ？　流行ってるもの作ればよし、ってわけでもないし」

と、坂下は意味ありげに笑う。

「葵くんも一度考えてみたらいい。どういう料理が人に喜ばれるのか。というより、どうして俺たちは人のために料理をするのか、かな。照れくさいかもしれないけどさ」

思いがけず真剣な言葉に、葵はふいをつかれたような気持ちになる。

――どうして人のために料理をするのか。

そんなの、今まで考えたこともなかった。

黙ってしまった葵を見て、「んな重く受け止めんなよ」と坂下は笑う。

「ひとまず、ちゃんと考えてくれたらそれでいいからさ。自分が本当に好きだから、とかでもいいんだ。この店のデザートの多さも、きっかけは俺が甘党ってだけだからね」

白状した坂下の照れた顔が珍しくて、葵は思わず笑った。少し気が楽になったけど、なんとなく胸が苦しいような、もやもやした気持ちはなくならなかった。

坂下にばれないよう、小さくため息を吐く。

そんな葵を、カウンター席に座ったテンコがじっと見ていた。


そのあとは電車に乗り、五駅となりの目的地へ向かったのだが。

たぬきケーキの店を目指していたはずの葵は、なぜか現在、だだっ広いグラウンドの隅に立っている。

「マラソン出場のみなさん集まってますね。それでは注意事項を説明しまーす」

スタッフの男性が、集まった葵たちに向かって声を張り上げる。

真昼の晴天の下、グラウンドを擁する市営運動公園は多くの人でにぎわい、屋台も出ていた。ソースの匂いを含んだ風が吹くたび、【第四十回　ひいらぎ坂商店街運動会】ののぼりがはためく。

……当然、葵はひいらぎ坂商店街の人間ではない。

にもかかわらず、商店街の運動会に参加し、最終競技の二キロマラソンに出ることになったのだった。

ただ、たぬきケーキを買いに来ただけなのに。注意事項を聞きながら、葵は今日何度目かわからない「どうして……」を胸の内でつぶやいた。

――ことの始まりは、今日、キッチンハルニレのあとに訪れた「ソレイユ洋菓子店」である。

店に到着してからの怒濤の展開を、葵は思い返す。

ソレイユ洋菓子店は、年季の入ったマンションの一階に構えた、レトロだがおしゃれな雰囲気の店だった。

しかしショーケースの中に、たぬきケーキは見当たらなかった。売り切れてしまったのだろうかと、店員に尋ねてみた。

「あれは夫が作っているのですが、今日は朝から仕事を放って運動会に行ってしまって」

六十代くらいの女性店員は、苦笑交じりにそう答えてくれた。

なんでも、今日は商店街連合会主催の運動会が行われているそうだ。女性の夫……ソレイユ洋菓子店の店主は、敵チームにライバル店のカフェ店主がいることから、例年以上に気合を入れて出かけたのだという。

「運動会やるなんて、みなさん仲がいいですね」

「いやねえ、お恥ずかしい。商売だけは一人前で、中身は子どものまんまみたいな人ばっかりだから。今日はどこも店主不在で、奥さんとかバイトの子が店番やってますよ」

葵たちが話す間も、テンコはがっかりした顔で名残惜しそうにショーケースを眺めていた。見かねた店主の奥さんが、

「夫が帰ったら、作れるか聞いてみましょうか？　あと一時間もすれば帰ってくるので」

と提案してくれて、テンコがぱっと顔を輝かせた時だった。

足に包帯を巻いた店主が、店にかつぎこまれてきたのは。

「聞いてよ奥さん。この人張り切りすぎちゃってさ、捻挫だって」

「ちょっとあんた何やってるの、もう！　すみませんねえ、ご迷惑おかけしました」

「何言ってんだ！　まだマラソンがあるってのに！　倒れてる場合じゃないんだよ！」

「なにかっこつけてんの！　恥ずかしいったらないわ、いい年して運動会で捻挫なんて」

「勝負を放り出すほうがよっぽど恥だ！」

「うんうん、わかったから。でも俺たち運営としても、許可できないっていうか。日向さん、今年は残念だけど棄権ってことで」

どうやら、店主はマラソンにすべてを懸けていたようだ。ライバル店のカフェ店主とやらは、そんなに負けたくない相手なのだろうか。

「おや、お客さんがいたのか。すみませんね」

奥さんの手で、半ば強制的に椅子(いす)へ座らされた店主は、葵たちに気づいて気恥ずかしそうに言った。奥さんも葵たちの存在を思い出したようで、「そうそう」と声を上げる。

「たぬきケーキ買いに来てくれたんだって。せっかくだから、作ってあげられない？　作業台の前でなら、座って作れるでしょ。私も手伝うし」

「え、わざわざたぬきを？」

店主は、葵とテンコを交互に見る。困ったな、と言いたげな顔をしていた。

「それなら作ってあげたいけど、昨日で材料切らしちゃってね。たぬきはあまり出ないんで、今日は休みでいいかって。今からじゃ仕入れも間に合わないし。……あ、いや」

曇(くも)っていた店主の顔が、わずかに明るくなる。再び葵とテンコを交互に見、店主は最終的に葵に目をとめて言った。

「俺は、このあとのマラソンで幼なじみと賭けをしてたんですがね。ま、負けたほうがなんでも言うこと聞くってだけなんだが」

「なにそれ、小学生じゃないんだから」

あきれたように口をはさんだ奥さんを「いいから」と制し、店主は葵に向かって微笑む。

嫌な予感がする……。なぜか嬉しそうなその笑顔に、葵は思った。

「そいつはカフェの店主なんです。ケーキも自分のとこで作ってる店で、うちと同じ材料を揃えてるんですよ。奴に勝って材料を手に入れてもらえれば、今日たぬきが作れる」

しかし、「勝つ」といっても店主はもう走れない。どうするんだろう、と葵はのんきに思ったのだが。

その場の全員の視線が、自分に注がれていることにやっと気づいた。

「……え、俺が？」

おそるおそる尋ねた葵に、店主は「そう！」と高らかに言った。

なんでだ。思わずそんな言葉が口から出そうになった時、

「よし、走れ葵」

と、テンコが厳かに言った。

「あのさ、明日出直すのは……？」

「今日食えるなら、それに越したことはないであろう」

テンコは頑として譲らない。おまけに、

「それにねえ、うちは明日から三日間お休みなんですよ。この人の亡くなったお父さんの法事があって」

と、奥さんが申し訳なさそうにつけ足した。葵としては、とどめを刺された気分だった。

しかし、いくらなんでも急すぎる。迷う葵に、店主は「頼みます」とすがるように言った。

「不戦敗だけは、どうしても悔しいんです。あいつの勝ち誇った顔を思い浮かべるだけで、もう……！」

ぎり、と歯噛みする音があまりに恐ろしくて、葵はとっさに「わかりました！」と承諾してしまった。

そうして、あれよあれよという間に運動公園へと送られ、現在に至るというわけだ。

テンコを拾った時もそうだったけど、どうも俺は押しに弱い。

遠い目でそんなことを思う葵の前で、「注意事項は以上です」と初老の男性が締めくくった。

スタートは三十分後だ。葵は「どこから来たの」「日向さん大丈夫そう？」「若いねえ、いくつ？」と質問攻めに遭いながらも、応援席で待つテンコのもとへ戻る。

「大丈夫か？」

葵の顔を見るなり、テンコは尋ねた。さっき買ってやったたこ焼きのせいか、口の周りには盛大に青のりがついている。

「走るの得意じゃないけど、頑張るよ。一位になったら、賞金もらっていいって言われたし」

「そうではない」

かぶりを振って、テンコはひたと葵を見る。

射貫(いぬ)くようなまなざしに、どきりとした。

「お前、どうにも覇気(はき)がないぞ。……朝、店で雇い主に何か言われたのか?」

「え」

短い声が出たきり、言葉が続かなくなる。

人間、図星を突かれると何も言えなくなるらしい。

「やはりな」

黙った葵に、テンコは苦笑した。

「わかりやすいのう、葵は。それにしても、悪い話をされていたようには思えぬが」

「もちろん、悪い話じゃない。むしろ俺にはもったいない話だ」

ようやく葵は答えて、応援席に腰を下ろした。

グラウンドでは、障害物競走が行われている。ネットをくぐったり平均台の上を走ったりする選手たちも、応援席で笑いながらそれを見る人たちも、みんな楽しそうだ。

「仕事は楽しいし、このまま店長とずっと働けるなら嬉しいけど。……自信がなくて」

「自信？」

テンコは不思議そうに繰り返す。

「一位は白組です！」とアナウンスが響いた。障害物競走が終わったらしい。葵はぼんやりと、グラウンドの様子を眺める。

勝った白組も、負けた赤組も、みんな汗だくですがすがしい表情だ。

マラソンの結果がどうであれ、俺はあんなふうに笑えるだろうか。せっかくの誘いに、迷ったままだというのに。

迷いの原因は、かつての失敗だ。そう思ったら、自然と口が開いた。

「俺、前は違う仕事してたんだ。三月に退職して、キッチンハルニレで働き始めた」

迷いと不安に押し出されるようにして、言葉がするすると出てくる。

「出版社で、お出かけ情報雑誌っていうのを作ってて。飲食店とかイベントとか取材して、それを発信する仕事だったんだ」

最初に内定が出たから、というだけで入社を決めた葵にとって、出版社の日々は予想以上に忙しかった。

とはいえ、いろいろな人に会える仕事は好きだった。取材した店から「売り上げがのびたよ」と感謝されるのも、無料のウェブ版記事がネットで拡散されるのも嬉しく、やりがいを感じた。

それでも葵は、二年で退職した。今年の三月のことだ。

「てっきり、昔からあの男と働いていたのかと思ったぞ。互いに気安いからのう」

「あ、店長と知り合ったのは大学生の時。俺がバイトしてた店の店長だったんだ」

首をかしげたテンコに、葵は補足する。

葵の大学の近くにあるカフェで、かつて坂下は雇われ店長をしていた。フレンチビストロを辞め、本格的に独立する前に、店舗運営を学ぶためだったという。

遅刻一つしない葵のことを坂下は気に入ってくれていたし、葵もまた、豪快でありながら時に繊細な気遣いを見せる坂下を好ましく思っていた。

卒業までカフェで働き、最後のシフトの日は送別会を開いてもらった。

送別会で、坂下は冗談めかして「いつでも戻ってきなよ」と笑った。

葵も笑って「はい」と答えたものの、まさかまた一緒に働くなんて思ってもみなかった。

「その縁で、今はあの店で働いているというわけか」

テンコはつぶやき、少しの間黙ってから言った。

「自信がないのは、前の仕事が原因か。何か、手痛い失敗でもしたのか？」

まっすぐに疑問をぶつけられ、言葉につまった。

大きな金色の目を、葵は呆然と見つめ返してしまう。

こいつ、心を読めるんじゃないだろうな。若干の恐怖とともに葵は思った。

「まあ、別になんでもよいが」

葵が黙ったままでいると、テンコは意外にもあっさり引き下がった。

「なんでもいいのかよ」

思わず言うと、テンコはふんと鼻を鳴らす。

「知ったところで、わしには何もできぬからな。しかし、いつまでも萎れた顔でいられるのも鬱陶しい。……一度だけ言ってやろう」

いきなり、テンコの顔がずいっと迫る。驚いてのけぞった葵の肩を、テンコはやわらかくつかんで自分のほうへ寄せた。

そして、内緒話をするようにささやく。

「葵。何かを成そうと思うなら、覚悟は必要じゃろう。しかしな、そこに自信などいらぬとわしは思うぞ」

「え？」

間近にある美しい金色の目は、せわしなくまばたきをしていた。テンコが、慎重に言葉を選んでいるのが伝わってくる。

「やり遂げようとする意志さえあれば、どうとでもなる。やってみれば、案外どうにかなるのじゃぞ」

テンコは、厳かに言う。

姿は幼いのに、まるで神様みたいだった。

どうして、そんなことが言えるんだ。

すがるような気持ちで、葵が問いただそうとした時だった。

「ミニマラソンの選手の方は、入場口に集合してください。繰り返します……」

スピーカーから、ひび割れたアナウンスが流れる。

顔を上げた葵に、テンコは「行ってこい」と言った。

「とにかく今は走れ。これは、お前にしかできぬことじゃ。絶対に走り抜け」


準備体操を終え、スタートラインに並んだ選手たちの中では、葵は最も若いようだった。

しかし、選手全員から、年齢を超越した並々ならぬ闘志が感じられる。

もう帰りたい。葵が思った瞬間、無情にも審判が電子ホイッスルを構えた。

「位置について、用意」

その合図を聞けば、条件反射で走る構えをとってしまう。

仕方ない、無心で走ろう。葵がそう決めた時、右どなりから声がした。

「きみが先輩の代理か。負けないからな」

声の主を確かめるより先に、電子ホイッスルがピーッと鳴った。

いっせいに走り出す集団に押されるように、葵もあわあわと足を動かす。さっそうと駆けていった右どなりの男性は、「喫茶まろん」というゼッケンを身に着けていた。ソレイユ洋菓子店の店主が言っていた、ライバル店の店主だろう。

輝くトラックの白線を追うように、葵は必死に走る。

マラソンなんて何年ぶりだろう。大学一年の体育の時が最後だから、六年ぶりだ。早くも息が上がっている。競技名はマラソンだが、トラック五周、計二キロでゴールだから、持久走と呼ぶほうが正しい気がする。

……まあ、名前が違ったところで、俺の勝率が上がるわけじゃない。もう脇腹キリキリしてるし。ああ、引き受けるんじゃなかった。

葵は心の中でぼやきながら、大学の授業の記憶を呼び起こす。吸って吸って、吐いて吐いて、という感じに、短い呼吸を重ねると楽になるんじゃなかったか。

そんなことを考えていたら、二人に追い抜かされた。速い、とおののいたが速度は保つ。ペース配分を間違えてはいけない。吸って吸って、吐いて吐いて、と心の内で繰り返しながら、葵はひたすら足を動かし続けた。

短い呼吸の音を聞くうちに、少しずつ頭が空になっていく。

そんな中で、思い出すのは出版社での日々だった。

さっきテンコと話したせいだろうか。懐かしさに浸る間もなく、思い出さないようにしていた後悔が押し寄せる。

二年目の春のことだ。「レトロかつおしゃれ」と葵が目をつけていた、古い商店街の喫茶店が、特集企画の取材先の一つに決まった。推薦した店が選ばれたのは初めてで、かなり嬉しかった。

最初に電話をした時、店主夫妻はやんわりと取材を拒否した。

「嬉しいですけど、そういうのはもういいんです」

店は自分たちの代で終わらせるつもりだから、今さら客足などどうでもいい、閉店まで常連客と静かに過ごしたい……といったことを言われても、葵は諦める気にならなかった。

「昭和レトロを探して」という特集企画に、これ以上ないほどぴったりな店だったからだ。

葵は店に赴き、取材を受けてほしいと直談判した。

あたたかなオレンジ色の照明、飴色をした木のテーブル、赤いベロアのソファー、懐かしい雰囲気ながらも上品な食器——それらを目の当たりにすると、この店を記事にしたい、という気持ちは膨らむばかりだった。

ケチャップたっぷりで、どこか懐かしい味わいのナポリタンを食べながら、葵は店主夫妻に力説した。

「このまま閉店なんてもったいないです。隠れた名店として取り上げさせてください」

「今はレトロなものがブームなんです。この店を求めている人は、もっとたくさんいます」

葵の熱弁に、「来て喜ぶ人がいるなら」と、最後には店主夫妻も乗り気になってくれた。

そうして、無事に取材が決まった。幸運なことに、他の候補店の取材キャンセルによって、掲載枠の拡張も決まった。

……そう、そこまではよかった。

乱れ始めた呼吸の音を聞きながら、葵は思う。

汗が目に入ったのか、視界がにじむ。もう、自分の順位もわからない。

ぼやけた視界の中で輝く、トラックの白線を頼りに走った。

なんだっけ。そう、そのあとだ。葵は無心で振り返る。

取材には、気合を入れて臨んだ。担当ライターとも何度もやりとりして、納得いく文章を書いてもらったし、写真は最高の出来になった。ウェブ版の記事にも厳選した写真を使い、レトロな魅力を存分にアピールした。

これは絶対にハネる、という葵の見込みは当たった。

特集誌の発売後、ＳＮＳで店名を検索すれば多くの写真がヒットし、【おしゃれでおいしい】【並ぶ価値あり】といった文章がずらりと並んだ。嬉しくて、それらの文章をすべてスクリーンショットで保存したのを覚えている。

その後、葵が店に赴いた日も、たくさんの人が並んでいた。自分がその行列を作ったのだと思うと誇らしかった。

「若い人がたくさん来てくれて嬉しいよ」

店主は笑っていた。

「こんな普通の料理なのに、写真を撮ってもらえて変な感じ」

そう言った奥さんも、満足げな顔に見えた。

それが、葵が見た店主夫妻の最後の姿だ。

時は流れ、年末進行に追われていた十二月のある日。

次々と襲いくる仕事にてんてこまいになっていたら、上司からメールでテキストファイルが転送されてきた。春に取材した喫茶店店主の息子から、問い合わせフォームに送られてきた文章だと。

忙しい日々の中で、正直その店のことは忘れつつあった葵は驚いた。

なんだろう、と目を通してすぐ、息を呑んだ。

『――先日、父が倒れました。もともと心臓に疾患があり、――降ってわいた多忙な生活で、無理がたたったのだろうということです』

『母一人で経営は難しく――話し合い、閉店を決めました。せっかく御誌でご紹介いただいたのに、このような話を報告することになってしまい、申し訳ありません』

心臓が激しく鼓動し、画面をスクロールする指先がどんどん冷えていく。

それでも葵は、無機質な文字列を追うのをやめられなかった。

『父は仕事が好きでしたし、常にお客様第一で生きていました。増え続けるお客様すべてに誠実に向き合おうと、無理をして――しかし、父は後悔していないと思います』

『――それと、山名様という方に大変お世話になったと聞きました。山名様の熱意ある言葉を聞いて、両親は取材を受けると決めたそうです。〈若い人たちがこんな古い店に来て、楽しんでいってくれるのは本当に嬉しい。取材を受けてよかった〉と何度も言っていました。山名様、本当にありがとうございました』

そこまで読んで、葵は思わずファイルを閉じた。

上司からは、『山名の名前があったので、念のため共有します』とコメントが来ていた。

転送には、その言葉以上の意味はなかっただろう。それでも葵は、誰かに責められている気がしてならなかった。

俺は、どうしてあんなに必死になって夫妻を説得したんだ？　ただ、あの店を流行らせたかっただけなんじゃないのか。ネットでバズらせたのは自分だと、自慢に思いたかっただけじゃないのか。

その結果、誰よりも誠実だった人を追いつめてしまった。

俺のせいだ、と葵は思った。

静かに余生を過ごし、自分にできる範囲の人だけを満足させられればいいと、店主は思っていたのに。

流行などに関係なく、あの場所を真に大切に思っていた常連客がいたのに。

一度そう思ってしまうと駄目だった。企画会議で「次はこれがバズる」といった言葉を見るたび、店主の笑顔と、『倒れました』という文字がよみがえり、頭がくらくらした。

もちろん、人々が求める流行情報を提供するのは大切だ。それでも、自分たちが取り上げたせいで、知らない間に犠牲になってきた店が他にも存在したのではないかと、考えずにはいられなかった。

もっと、それぞれの店の事情を汲んで取材するべきだったのではないだろうか。けれど、それでは読者も気を遣う記事になってしまう。

考え続けるうちに、事務処理のミスをしたり、会議でうまく発言できなくなったりと、支障が出始めた。

そんな時だった。坂下から、故郷で自分の店をオープンしたという連絡をもらったのは。

「もうすぐ一年たつんだけど、だんだん忙しくなってきてさ。ダメもとで頼みたいんだけど、葵くんに来てほしいなーなんて」

その提案は、坂下にとっては八割がた冗談だったらしいが、葵は二つ返事で「やります」と答えた。

迷いはなかった。疑問を覚えたまま働き続けるより、何か新しいことをしたほうがずっといいと思った。退職してすぐに、坂下の故郷である山王町に移り住み、キッチンハルニレで働き始めた。

「大丈夫？　すごい汗だけど」

突然話しかけられて、葵は我に返った。

一瞬、自分がどこにいるのかわからず戸惑う。

そうだ、マラソン中だ。思い出すと、ぼやけていた視界が少しクリアになった。

並走している男性が、心配そうに葵を見ている。自分がバケツの水をかぶったような大量の汗を流していることに、葵はようやく気づいた。

「大丈夫、です」

答える声はうわずった。男性は眉を寄せ、

「救護の人もいるから」

と、言い残して走り去った。

葵はぼんやりとあたりを見回す。順位は相当後ろになってしまったようだ。

足を前に出す。トラック三周目の半ばだった。短い呼吸を繰り返す。喉がじわじわつまっていくようで、とても苦しい。

苦しいのに、考え続けてしまう。

あの喫茶店は、葵が取材するまでもなく誰かから必要とされていた。今も昔も流行に流されず、ただ誠実に料理を作り続けてきたのだろうから。

その時、なぜかふと、たぬきケーキが脳裏に浮かんだ。たぬきケーキを作った洋菓子店の人々の笑顔も。

ああ、あの人たちも同じなんだ。葵は気づいた。

たぬきケーキには、一つとして同じ顔のものがない。みんなそれぞれ工夫して、独自のたぬきケーキを今まで残してきた。今に至るまで、流行に流されることなく。

そういう、作り手のたゆまぬ努力とあたたかい誠実さが感じられるから、たぬきケーキは長年愛されてきたのかもしれない。

どうしてそれができたのだろう、と葵は思う。

少なくとも、俺はそうなれる気がしない、とも。

坂下が言っていた、「どうして人のために料理をするのか」など考えたこともなく。お客さんのために何を作ったらいいのかも、さっぱりわからない。

そう思った時だった。

突然、右足に何かが引っかかった。ペットボトルだ。

なぜこんなところに、と思う間もなく足がもつれ、葵は前のめりになって盛大に転んだ。どよめきが上がり、「大丈夫か⁉」とあわてふためく声もする。日差しにあたためられたトラックが、頬(ほお)を焼いて熱い。

それでも葵は、少しも顔を上げられなかった。

「葵！」

その声に、葵はわずかに顔を上げる。

テンコが駆け寄ってくるのが見えた。葵のそばでしゃがみこみ、肩をばしばしとたたく。

「諦めるな！　早く立って走らんか！」

「俺、だめだよ」

つい、弱音がこぼれてしまった。テンコに言ったところで、どうしようもないというのに。

「ひどいことしたんだ、昔。それなのに、俺が店長と一緒に働くなんてできるのかな」

口にするうちに、どんどん気分が落ちてくる。自分にできることなど、何一つないのだと思えてきて。

「馬鹿者（ばかもの）！」

テンコが叫んだ。小さな手で、必死に葵の腕をひっぱる。

「お前が何もできぬなどと、誰が決めたのじゃ！」

「テ、テンコ。腕痛いんだけど」

「うるさい！　とにかく立って走るんじゃ！」

テンコは言って、葵をまっすぐに見た。

「一度失敗した者は、その後も何も成せぬと言うのか⁉　わしはそうは思わぬ！」

鋭い声に、葵ははっとした。

なぜだろう、よどんでいた心の中に、テンコの言葉がすうっと降りてくるのがわかる。

まるで、曇り空に差す日の光のようだった。

きっとそれは、葵がずっと求めていた言葉だった。

葵の体は自然に動く。起き上がり、呼吸を整えた。

ばくばく鳴る心臓はうるさく、息が苦しい。

それでも葵の足は、再び地面を蹴って走り出した。

「そう、走れ！　あと少しじゃ！」

テンコの金色の目が、葵を見ているのがわかる。葵がこのマラソンを完走することを信じて疑わない、まっすぐな目。

それに見つめられてしまうと、立ち止まることはできなかった。

苦しさに耐え、葵はひたすらゴールを目指して走った。


残念ながら葵の順位はそれほど上がらなかったが、閉会式の際、なぜか「特別賞」の賞状と賞品をもらってしまった。派手に転びながらも立ち上がった葵の姿が、観客の胸を打ったかららしい。

「すごかったねえ、きみ。感動しちゃったよ」

喫茶まろんの店主も、葵の健闘を称(たた)えてくれた。

ソレイユ洋菓子店の店主から事情を聞いたらしく、「すぐにたぬきケーキの材料を提供するから」とも約束してくれた。

走り損にならなくてよかった……。

閉会式後、葵は安堵の息を吐いた。特別賞の賞品を抱えたテンコも、葵の横で笑う。

「よくやったな。転んだ時は、どうなるかと思ったが」

「テンコが応援してくれたから。ありがとな」

素直な気持ちでそう言った。

あの時のテンコの言葉は、光のようだった。ここで諦めたら俺は本当にだめだと、もう一度葵を立ち上がらせてくれた。

「わしの声はきっかけにすぎぬ。立ち上がったのは、お前自身の力じゃ」

てっきり「そうじゃ、感謝せい」と言われるかと思ったが、テンコは珍しく穏やかな声で言った。

「そうかな」

「そうじゃ。わしは、葵にならできると思ったぞ」

葵を見上げ、テンコは言った。

「わしを助けたうえに、ここまでつき合うようなお人よしじゃからな。頼まれたからには成し遂げるじゃろうと思ったわ。それは、これからも同じであろう」

葵はテンコから目をそらし、何度もまばたきをする。そうしないと、情けないことに涙がこぼれてしまいそうだった。

　お人よし、と言われたことより、葵なら人の頼みを成し遂げられる、と信じてもらえたことが嬉しかった。かつて過ちを犯した葵にも、誰かのためにできることがあるのだと、信じてもいい気がした。

　あの店を閉店させてしまった、葵の罪が消えることはない。

　だからこそ、自分が壊してしまったもの——誠実に、ひたむきに料理を作り続ける店の大切さを、誰よりもわかっている。それを忘れずにいれば、誤（あやま）ることはない。

　初めて、葵はそう思えた。

「吹っ切れた顔をしておるな。覚悟は決まったのか？」

　見上げてくる金色の目を、葵は笑って見つめ返した。


　二時間後。夕焼け空の下、葵とテンコは駅行きのバスを待っていた。

「そう落ち込むなって」

「……しかし、ここもまた違うとなれば……」

　テンコはしょんぼりとうなだれている。

　ソレイユ洋菓子店のたぬきケーキも、テンコが求めているものではなかった。

「ほら、これ食べて元気出せ」

ソレイユ洋菓子店で買っておいた、ナッツのフロランタンを差し出す。おとなしくそれをかじり始めたテンコに、葵は言った。

「あのさ。店長の話、受けてみるよ」

テンコは葵を見上げて笑う。

「そうか。決めたのか」

「うん。ちょっとまだ不安だけど。もう少し、この仕事をやってみたいし」

そうだ、いつのまにか俺はこの仕事が好きになっていたんだ。葵は気づく。坂下がこだわりと思いをこめて考案し、葵が仕込みに携（たずさ）わった料理を「おいしい」と言ってもらえる瞬間は嬉しかった。

「まあ、決めたからには励むがよい」

テンコはにかっと笑う。相変わらずのえらそうな言葉だが、期待してくれているということだろう。

「それにしても、今日のたぬきケーキは変わった見た目だったのう」

「うん、かわいい顔だった」

ソレイユ洋菓子店のたぬきケーキは、あの特徴的な目の模様がなかった。その代わりに、大きく絞り出したバタークリームで白目が表されている。

　そして、黒目は点ではなく、にっこりと笑っているようなカーブを描いていた。「見た人も、つられて笑うケーキにしたかった」と店主は言っていた。

「中身のバタークリームもおいしかった。コーヒー味で、チョコによく合うんだよな」

「うむ。常連の者たちの要望に応（こた）えるうちに、いつのまにかそうなっていた……と店主は言っておったな」

　葵は、店主の言葉を思い出して笑う。「みんな好き勝手言うんだから、本当に参りますよ」と店主はぼやいていたが、まんざらでもなさそうな顔をしていた。そうやってこれからも、あの人はケーキを作り続けるのだろう。

　二枚目のフロランタンをかじりながら、テンコはぽつりと言った。

「……必要とする者のために、よりよいものを目指す。望む者のために、それを作り続ける。それは人にしかできぬ行い、人だけが持つ強さだと、いつかあやつに言われたことがある」

　ふ、とテンコは笑う。

「それゆえに、あやつは、たぬきケーキが好きなのであろうな」

　テンコがフロランタンを全部食べ終えた頃、バスがやってきた。座席に座ってすぐに、テンコは眠ってしまう。

最近、テンコはよく眠る。昼も夜もなく。疲れているからだろうか。

家に着いてからも、テンコは目を覚ますことなく眠り続けていた。

結局その夜、葵はテンコをベッドに運び、自分は床で眠ったのだった。

4章

もう、あやつには会えぬのか？

運動会参加から数日たち、数年ぶりに到来した葵の筋肉痛も癒えてきた。

昼のピークタイムを終えた、午後二時半。フロアの掃除を終えた葵は、すぐにキッチンに入った。

食材をボウルに用意して、ハンドミキサーのスイッチを入れる。

その時、ドアベルの涼やかな音が店内に響いた。フロアに出ていた坂下が、「いらっしゃいませ」と声を上げる。休憩前のこの時間に来るのは、たいてい常連客だ。

「こんにちは、お久しぶり」

その声に、葵は思わず笑顔になる。みおこさんだ。

「あ、みおこさん。ぎっくり腰はもういいの？」

「九割がた回復、ってところね。まだ重い物持つのは怖いわあ。あれ、葵くんは？」

フロアのやりとりを聞いている間にも、葵が持つボウルの中身は白く、もったりと泡立っていく。葵は今、メレンゲを作っているところだった。

「葵くんさ、今自分で考えたメニューの準備中なんだ。……で、どう？　うまくいってる？」

坂下が葵を見る。

ちょうどツノが立つくらいにメレンゲが泡立ったので、葵はハンドミキサーのスイッチを切った。

「今のところ大丈夫です」

　ボウルの中で、純白のメレンゲがかすかに震えた。

　キッチンを覗きこんだ坂下は、「うん、見た目はいいね」と頷く。

「それにしても、意外だったな。葵くんが考えた新メニュー。プレゼンもよかったし」

「プレゼンってほどじゃ……食べ歩きするうちに、気づいたことを言っただけですし」

　坂下に課された「店の新メニューの考案」という課題に、葵はたぬきケーキで挑んでみると決めたのだった。それを坂下に伝えたのが、今朝のことだ。

「今はなかなか食べられない味だし、シンプルなケーキだけど、そのぶんアレンジしやすいと思うんです。季節ごとに、チョコやスポンジ生地のフレーバーを変えてみたりとか……。そういう工夫があると、お客さんにも喜んでもらえるかなって思って」

　それは、「どうして人のために料理をするのか」という、坂下の問いに対する答えでもあった。

　たぬきケーキの店や、閉店させてしまった喫茶店のことを思い出し、葵なりに考えて決めた答えだ。

　お客さんに、自分が作った料理で喜んでほしい——結局のところ、葵が思うのはそれだけだった。それさえ忘れなければきっと大丈夫だ、と。

こんな単純な理由じゃ不採用かも、と葵はやや不安だったが。坂下は「いいね、やってみなよ」と乗り気になってくれた。

そこで、さっそく作ってみようとしたものの、たぬきケーキのレシピはネットで調べても出てこない。とりあえず、バタークリームに必要なメレンゲから作ってみよう、ということになり、今こうしてメレンゲ作りに励んでいる。

「あ、みおこさん、葵くんの試作品食べてみてくれない？　まあ試作って言ってもまずメレンゲの練習なんだけどね、今日は」

「え、店長、それは」

葵はあわてて止めようとしたが、テーブル席に座ったみおこさんは「あら、いいの？」と言った。

「もちろん、俺以外の意見も重要だし。みおこさん、タイミングよく来てくれたね」

「店長、いいんですか？　本当にメレンゲだけですけど。しかも、まだ試作ですよ？」

躊躇(ちゅうちょ)する葵に、坂下とみおこさんは鷹揚(おうよう)に「いいから」と言ってみせる。

「お金はいただかないし。ほら、焼きメレンゲも作るんでしょ。早くしないと」

「大丈夫よ、葵くんなら。焼きメレンゲ、いいわよね。素朴(そぼく)だけど大好き」

二人の笑顔に背中を押されるようにして、葵はメレンゲをボウルから絞り袋へ移す。半量は、クッキングペーパーに絞り出し、オーブンへ入れた。残りは、数分前に坂下が焼いたスフレパンケーキの上にトッピングする。

ふわふわのメレンゲは、理想の形に盛りづらい。それでもなんとか盛りつけて、スライスしたいちごとミントの葉を添えた。

「あら、パンケーキだ」

運ばれてきた皿を見て、みおこさんは嬉しそうにする。カウンター席に着いた坂下には、小皿に山盛りのメレンゲを出した。

二人は「いただきます」と各々のフォークやスプーンを手にとり、試食を開始する。

「うん、おいしい。パンケーキ、久々に食べたけどメレンゲとも合うのねえ」

おいしそうにパンケーキを食べ進めるみおこさんとは対照的に、坂下はしばらく無言でスプーンを動かしていた。

小皿からあふれそうな山盛りメレンゲも、屈強な坂下の前ではちんまりして見える。それが半分以下になった時、

「うーん……やっぱりコツを教えないとだめか」

と、坂下はスプーンを置いた。

「……味がまずかったですか？」

「うん？　味はいいよ。俺が選んだ食材使ってるんだから」

坂下は笑い、「どう？」とテーブル席のみおこさんを振り返った。

「私は、特に違和感なかったわよ？　おいしいと思ったけど」

「まあ、パンケーキは俺が焼いたからね。……で、これはスフレパンケーキだから、こいつにもメレンゲは使ってるわけ。でも、葵くんが作ったメレンゲ入れて焼いても、絶対に同じようにはできない」

坂下は席を立ち、キッチンに入った。

葵がメレンゲを泡立てたまま洗っていないボウルを覗きこみ、

「まず、本当に基本的なことから。ボウルに少しでも水滴は残ってなかった？」

と尋ねる。

予想外の問いに、葵は一瞬固まった。

「えっと……残ってなかったと思います」

断言できないほどには気にしていなかったということだ。

落ち込む葵に、坂下は苦笑する。

「それは必ず確認しよう。少しでも水分が入ってたら、泡立ちが悪くなる。油分も同じ。

乾いてるように見えるボウルも、必ずキッチンペーパーで拭いてから使うこと」

「はい……」

「あと砂糖。最初から全量加えてない？　そうすると、泡立ちは格段に悪くなる。三回くらい分けて入れよう」

「すみません、最初から全部入れました……。でも、泡立ちはよかったように見えたんですけど」

確かに水分は入ったかもしれない。砂糖を入れるタイミングも間違えた。しかし、葵が作ったメレンゲはもったりとして、メレンゲの体を成しているように見えた。

「そうだね。でも、あれじゃ全然足りないんだ。バタークリームに使うイタリアンメレンゲは、ボウルを逆さにしても落ちないくらいしっかり固めるからね。イタリアンメレンゲの練習を始める前に、まずは基本のメレンゲ……なんの仕込みもしてない卵白と、砂糖だけのシンプルなメレンゲでも、適切な固さまで泡立てられるようになろう」

坂下は説明した。一度フロアに出て、メレンゲの残る小皿を手に戻ってくる。

「自分でも食べてみな。そうしたらわかるんじゃないかな。……バタークリームを作るのに、このメレンゲを使えるかどうか」

うながされ、葵はデザートスプーンを取り出し、自作のメレンゲに差しこんだ。スプーンがあっけなく沈む。

一口すくって食べると、ふわふわとして、なんとも頼りない食感だった。

「……軽いですね」

これを混ぜて、バタークリームにできる気がしない。生クリームに負けないコクと満足感がありつつ脂(あぶら)っこくない、あの味と食感は出せないだろう。

「そうそう。家庭で作るぶんには、これくらいでいいと思うけどさ」

坂下の言葉の途中で、オーブンが鳴る。天板を取り出して確認した焼きメレンゲは、こんがりといい色でおいしそうだった。

けれど、冷ましてから一口食べてみた葵は、いよいよ悲しくなって肩を落とした。

「……べちゃべちゃだ……」

なんだろう、ねっとり溶けた砂糖の冷めかけを食べているような、とにかく嫌な食感だった。坂下が言うように味はいいのだけど、だからこそ、材料を活(い)かしきれず無駄にしたのだという罪悪感がのしかかる。

落ち込む葵をなぐさめるように、坂下は「まあまあ」と明るい声を上げる。

「まずはノーヒントで作ってみろ、って言ったのは俺だから。失敗するのは当たり前だよ、気にすんな」

「はい、すみません……ありがとうございます……」

「このあと仕込みの時に教えるから、とりあえずもう飯にしよう。みおこさんごめん、焼きメレンゲは次の機会に」

　みおこさんは、特に気にしたふうでもなく「いいわよ」と笑った。

「すみません、お出しできなくて」

　パンケーキの皿を下げる際に謝ると、「いいのいいの」とみおこさんはほがらかに笑った。

「次の楽しみにとっておくから。そういえば、メレンゲの練習して何作るの？」

「バタークリームです。メレンゲとバターを混ぜるので、まずはメレンゲを習得しないと」

　正確には、バタークリームを作れるようになったところで、終わりというわけではないのだけれど。そもそも、たぬきケーキのレシピもまだ見つかっていないのだ。広大なネットの海をさまよっても見つからなかったら、独自にやってみるしかない。

　そうして、チョコレートコーティング、土台となるスポンジ生地の作り方も覚えないといけない。やることは山積みだ。

「葵くん、頑張ってね。新メニュー、楽しみにしてるから」

　真摯（しんし）な声に、葵は一瞬、返事を忘れてみおこさんを見返した。お世辞でもなんでもなく、心からそう思ってくれていることが伝わってきたからだ。

葵が作るものを、待ってくれている人がいる。

それは本当に嬉しく、身の引き締まる思いがした。

「ありがとうございます」

頭を下げた葵に、みおこさんはもう一度笑った。

テンコの異変に気づいたのは、店を閉め、坂下がまかないを作り始めた時だった。

葵はいつものように二階に上がり、襖をぽこぽことノックした。

「テンコ、昼だぞ」

呼んでも返事がない。

聞こえなかったかな、と襖を開けると、横になったテンコが目に入った。膝を抱えて背中を丸め、目を閉じている。

固く閉じた瞼を見た途端、どくん、と心臓が一度大きく鳴った。

まさか。そろそろと近づき、膝をついて顔を覗きこむ。長いまつげが、かすかに揺れているのが見てとれた。

よかった、生きてる。頭でそう理解しても安心できなくて、

「テンコ、大丈夫か？」

と、葵はテンコの肩を軽く揺する。なかなか目を開けなかったが、葵は辛抱強く名前を呼び続けた。

そうやってどれくらいの時間、名前を呼んだだろうか。

ぴくりと瞼が震え、うっすらと目が開いた。金色の目が葵をとらえる。

「誰じゃ、お前は」

いぶかしげに目を細め、テンコは硬い声でそう言った。

一瞬、葵は何を言われたのかわからず戸惑う。

「……テンコ？」

もう一度呼ぶと、テンコがはっと息を呑んだ。

ぼんやりしていた金色の目に、光が宿る。

「なんじゃ、葵か」

葵はまじまじと、横たわったままのテンコの顔を見た。

寝ぼけていたのだろうか。それにしては、本当に葵を知らないかのような、そういう様子に見えた。

「どうしたんだ、テンコ」

思いきって尋ねた。

テンコは観念したように、一つ息を吐く。ゆっくりと体を起こして、葵を見つめた。

「お前には、まだ言っていなかったことがある」

静かな声で、テンコは言う。

「……新しく選ばれた山主は、冬に眠りにつく。そして、立春に目を覚ます頃には、すべての記憶を失うさだめじゃ」

「……記憶を……」

葵は、かろうじてそれだけ言った。予想もしていなかった言葉だった。

「眠りについている間に、記憶は消えるのであろうと思っていたのじゃが。どうやらもう、少しずつ始まっているようじゃな。さきほど、わしは葵のことを思い出せなんだ」

テンコはうなだれる。

「きっと、あやつのことも……」

今にも消えてしまいそうな声だった。

葵は、胸が締めつけられるような気持ちになる。

最後に一日会うことも、過去のことを謝ることもできず、先代のことを忘れてしまうかもしれないなんて。テンコの不安は、どれほどのものだろう。

思わず、葵はテンコの肩に手を置いた。

顔を上げたテンコは、今にも泣きそうな顔をしている。

「大丈夫だ、テンコ。絶対に」

「……しかし、もうすべての店を見て回ったではないか。昨日の店が、最後だったであろう?」

テンコは泣きそうな顔のまま言う。葵たちは昨日、『たぬきさんのいるところ』に載っていた、県内の最後の一店を訪れていた。

その店のケーキも、テンコの求めているものではなかったが。それでも、葵は諦めてはいなかった。

「あのブログに載ってない店だって、まだあるかもしれない。だから、諦めるな」

テンコは少しの間ぼんやりと葵を見ていたが、やがて、

「そうじゃな。きっと、大丈夫じゃ」

と、小さく笑った。

いつもどおりの、自信に満ちた笑顔が戻ったようで、葵はほっとした。

一階へ下りると、坂下がまかないのバラ肉丼をよそっているところだった。このあと、

商店街の販促物のことで打ち合わせがあるからと、みおこさんも残っている。

「テンコちゃん、眠そうだけど大丈夫？」

葵に丼を渡す時、坂下はこっそりとささやいた。

「昨日は遠くまで行ったんで、疲れてるんだと思います」

当たり障りのない言い訳で、葵はごまかす。

実際、昨日はかなり遠くの店まで行ったのだ。田畑がどこまでも広がるひなびた町に、そのケーキ屋はあった。たぬきケーキ以外にも、バタークリームを使った動物型のケーキがたくさん並んでいた。

念のため、うさぎやハリネズミなどの動物型のケーキもすべて買ってみたのだが。残念ながらテンコの記憶と合致するケーキはなかった。疲労と焦燥から、テンコの体力は昨日で著しく削られたのかもしれない。

「ケーキの食べ歩きしてるんだっけ。ほどほどにしときなよ？」

「いや本当に、そのとおりだと思うんですけど、あの子のためでもあるんで……」

声をひそめて、二人で会話をしていた時だった。

「あ、葵！」

珍しくうろたえたような、テンコの声が聞こえた。

見ると、テンコはいつのまにか、テーブル席のみおこさんの向かいに座っていた。大きな目をさらに見開いて、葵とみおこさんの顔を見比べている。ひどく驚いている様子だ。

葵はフロアに出て、テンコの顔を覗きこんだ。

「どうしたんだ、変な顔して」

「そ、それがのう」

テンコは口をぱくぱくとさせている。何から話したものか、混乱しているようだ。

なんなんだ、いったい。葵は首をかしげた。

「その子がね、たぬきケーキを探しているというから。私も昔よく食べたわ、って言ったのよ」

テンコの代わりに、みおこさんが説明してくれる。

「実家の近くに洋菓子屋さんがあってね。昔は誕生日のたびに、たぬきのケーキを買ってもらってたの。懐かしいわね、本当に」

「葵、葵、それだけではないのじゃ」

ようやく言葉を発したテンコが、葵の腕をぐいぐいとひっぱる。驚きの中に、確かな喜びが見てとれる目で葵を見上げた。

「あの、ブログとやらにも載っていない店名だったのじゃ！」

「え⁉」

最初に感じたのは驚きだった。次に湧き上がったのは、抑えきれない興奮と期待。

葵は思わずみおこさんを見た。

「みおこさん、ご出身はどちらでしたっけ」

「山王（さんのう）のおとなりの市よ。あのお店は、どの駅が近いかしらねえ」

みおこさんはバッグからスマホを取り出す。若者顔負けの高速フリック入力で何やら調べていたが、やがて「ああ、ここね」と葵たちのほうへ画面を向けた。

地図アプリが示しているのは、確かに今まで一度も訪れたことがない店だった。

葵はテンコと顔を見合わせ、どちらからともなく頷いた。

葵はすぐ店に電話して確かめようと思ったが、あいにくその日は定休日だった。日を変えて何度か電話してみたものの、毎回通話中のようでつながらなかった。

これは直接確かめるしかない。

次の休日、葵はテンコを連れてその店に向かった。

電車に乗り、六駅めで乗り換える。改装されたばかりの大きな駅をあとにすると、車窓の外にのどかな田園（でんえん）風景が広がった。山王町でもよく見る、慣れ親しんだ風景だ。

広大な畑が連なる地帯を通過し、到着したのは、日当たりのいい小さな駅だった。

電車を降り、駅舎を出て歩く。住宅街の中の小さなスーパー、路地で遊ぶ子どもたち、色あせた少年野球団の貼り紙——目にとまるすべてのものが郷愁を誘って、葵はなんだか懐かしさを覚えた。

地図アプリを見ながら住宅地を抜け、畑の間の県道を歩くこと十五分。

巨大なホームセンターの陰に、年季の入っていそうな小さな店が見えてきた。「洋菓子リリー」と書かれた三角の看板が、出入り口の上に取りつけられている。

間違いない、この店だ。

葵はまじまじとその建物を眺める。みおこさんは去年の十二月に、この店でたぬきケーキを買ったらしい。

ネットで調べても口コミはヒットせず（そもそも、口コミサイトには登録されていなかった）、頼みの『たぬきさんのいるところ』でも取り上げられていなかった店だ。

だからこそ、求めたものが隠されているのではないか、という期待が膨らむ。

「行こう」

葵がうながすと、テンコも頷いた。

かなり緊張しているようだ。ニット帽の下の耳も、こわばっているに違いない。

ドアを開けると、ぴぽーん、とのどかな電子チャイムが鳴り響いた。

「いらっしゃいませ」

ショーケースの後ろに立つ女性が言った。葵よりもかなり年下に見えるが、アルバイトだろうか。

にこにこ微笑(ほほえ)む彼女に、葵が会釈(えしゃく)を返した時だった。

「ない……」

小さなつぶやきに、葵は思わず「え?」と声の主を見た。

ショーケースに張りついていたテンコが、のろのろと葵を振り仰ぐ。

呆然(ぼうぜん)とした顔に、嫌な予感がこみ上げた。

煌々(こうこう)と照らし出されたショーケースに目を移す。色とりどりの果物や白いクリームの間に、たぬきの顔を見つけることはできなかった。

テンコはじっと葵を見ている。焦り、不安、衝撃、ありとあらゆる感情がないまぜになった目で。そんなテンコを見るのは初めてで、葵は胸が痛くなる。

とにかく聞いてみないと。葵は店員に向き直った。

「あの、たぬきケーキというものが売っていると聞いていたんですが……」

「たぬきケーキ?」

店員は、きょとんとした顔で首をかしげた。少し困惑しているようにも見える。

「そういうものは扱ってませんけど……」

全身から力が抜けそうになるのを止めるように、テンコが葵の手をぎゅっと握る。

小さく冷たいその手を握り返し、葵はかろうじて「そうですか」と言った。

「すみません、変なことを聞いてしまって」

葵は頭を下げる。情けないことに、涙がこぼれてしまいそうだった。

なんとかこらえて、テンコの手をひき、店の外へ出た。

「……この店でもなかったのか？」

呆然とした声に、葵はテンコを見下ろす。

テンコは葵を見なかった。冷たい風に吹かれ、まっすぐ前を見たまま、ぽつりと言った。

「わしはもう、あやつには会えぬのか？」

感情のすべてが欠落したような声だった。だからこそ、深い絶望が感じられた。

葵はしばらく声をかけることもできず、黙ったままテンコを見ていた。

本当は、大丈夫だと言えたらよかった。けれど、この店も違うとなれば。希望はついえてしまったと、葵も認めざるを得なかった。

二人とも黙ったまま、時間がどれほど流れただろうか。

「あの……」

沈黙を破ったのは、第三者の声だった。

葵が振り返ると、店の前に一人の女性が立っていた。

紺色のコックコートを着ているから、洋菓子リリーの店員なのは間違いない。葵と同い年くらいだろうか。

立ち止まったままの葵とテンコをまじまじと見つめてから、彼女は口を開いた。

「お客様たち、たぬきケーキをお探しなんですよね」

さっきの店員に聞いたのだろうか。そう思いつつ、葵が頷いた時だった。

「あ」

見覚えのあるものが視界に飛びこんできて、思わず声を上げる。女性のほうも、すべてを見抜いているような顔で笑った。きょとんとした顔を向けたのは、テンコだけだ。

彼女のコックコートの襟に、もこもこしたものがついている。それがたぬきのマスコットがついたヘアクリップだと、葵は知っている。これまで何度もアクセスした『たぬきさんのいるところ』の、管理人アイコンに使われていたからだ。

「もしかして、あのブログの……？」

葵が尋ねると、女性は照れたように笑った。

「はじめまして。洋菓子リリーのスタッフで……『たぬきさんのいるところ』の管理人をやってます、橋野といいます」

そして彼女は、驚くべき言葉を言ってのけた。

「お二人の噂は聞いていました。……ずっと、お会いしたかったです」


洋菓子リリーの奥には、小上がりのイートインスペースがあった。座卓と座布団が並んでいる様子は、ケーキ屋というより和菓子屋の一角のようだ。

葵たちは勧められるまま、座卓の前に座る。橋野も、葵たちの向かいに座った。

「あら、ユウのお客様？」

店の奥から出てきた、年かさの女性が橋野に問う。コックコートの袖口に、クリームがわずかについていた。この人がパティシエのようだ。

「お母さ……店長、この方たち、たぬきケーキを買いに来てくれたんですって」

橋野の言葉に、店主は目を見開く。

「そうでしたか……。たぬきケーキは、四月に先代店主が倒れるまでは作っていたんです」

その言葉に、葵はテンコと顔を見合わせる。

テンコの目は、静かな興奮に輝いていた。葵もきっと、同じ目をしているだろう。

テンコが先代山主にたぬきケーキをもらったのは、テンコが山主に選ばれてすぐ、立春の頃だったという。その時期には、この店はまだたぬきケーキを作っていたということだ。

ここは、もしかしたら本当に当たりなのではないだろうか。葵の期待をよそに、店主は続ける。

「長い間、多くの方にご好評をいただいたケーキだったので、やめるのは心苦しかったのですが……。私では、先代の味をどうしても再現できなかった。本当に、悔やまれます」

店主は力なく微笑む。店主自身、その選択を心から悔やんでいることがわかる、そういう笑みだった。

「さっきの子は、臨時のアルバイトなんです。先代の時期にはいなかったものですから、たぬきケーキのことも知らなくて……」

と、橋野が補足する。それで、説明しようと追いかけてきてくれたのだろうか。

いや、それだけじゃないな、と葵は思った。橋野は何か言いたげな顔で、テンコをちらちらと見ている。それに、さっきの言葉。

——お二人の噂は聞いていました。……ずっと、お会いしたかったです。

どういう意味なのだろう。葵が考えている間に、店主は座卓に紅茶を並べてくれた。

「よかったら、うちのケーキはいかが？　お安くしますよ」

「そんな、いいんですか？」

「いいんですよ。お客さんたち、このへんの人じゃないでしょう？　昔からの常連さんばかりが来る店ですから、見慣れない方はすぐわかります。わざわざ遠くから来ていただいたんでしょうから、遠慮しないで」

「葵、わしは腹が減った」

テンコが葵の袖をひく。こいつは本当に遠慮ってものがないな、と葵はあきれた。しかし、ここまで気を遣ってもらっては、何も買わないのも気がひける。

結局、季節のフルーツタルトと、人気商品だというチョコレートケーキ・オペラを注文した。割引後の代金を受けとると、店主はケーキを座卓に運んでくれる。

「では、ごゆっくりどうぞ。……ユウ、もう上がりでいいからね。本当なら、あなた今日はお休みなんだから」

去り際に、店主が橋野につげる。ユウというのが、橋野の下の名前らしかった。

「うん、ありがと」

橋野は微笑み、葵たちに向き直る。彼女が口を開くより先に、葵は尋ねた。

「あの、会いたかったってどういう……？」

ブログを見てはいたが、管理人である橋野自身にコンタクトを取ったことはない。それでも、彼女は葵たちのことを知っていた。どこかの店で、すれ違っていただろうか。

「あ、そうですよね。いきなりそんなこと言われても、って感じですよね」

橋野は苦笑し、ことの次第を語ってみせる。

橋野のブログは、たぬきケーキ愛好家たちの間では広く知られており、全国の愛好家たちの情報共有の場としても機能しているという。彼らは新規店の発見や閉店情報、たぬきケーキに関するネットニュースといった、あらゆる情報をブログのメールフォームから送ってくれるらしい。

葵は気づかなかったのだが、橋野はブログに、そういった情報共有のためのコメント専用ページも設けている。そのページに、ここ最近、とある目撃情報ばかり寄せられているという。

「若い男性と綺麗な金髪の女の子、という二人組が、どうやらこの県の店をめぐっているらしいと……。金髪の女の子がとにかく印象的で、あれは何か撮影でもやってるんじゃないかとか、芸能人のお忍びじゃないかとか、いろいろ憶測が飛び交っていて」

「なるほど……」

確かに、毛先だけが銀色の金髪、という少女が、一軒のみならず立て続けにたぬきケーキの店に出没しているとなれば、愛好家たちの間で噂にもなるだろう。

当のテンコは、タルトを食べながらきょとんとした顔で橋野を見ている。橋野もまた、テンコをじっと見つめていた。

やはり、何か言いたげに見えるのは気のせいだろうか。

「いつかどこかのお店で会えるかな、とも思っていたのですが。店が忙しくて、最近はなかなかたぬきケーキを買いにも行けず……ですから、こうしてお会いできて本当に嬉しいです。だけど、まさか実家で会うだなんて。うちでたぬきケーキを作っていたこと、よくご存じでしたね」

「あの、俺も飲食店で働いているんですが、そこの常連さんが教えてくれたんです。昔、この店でたぬきケーキを食べたことがあって、去年の十二月にも、買いに来たらしくて」

「ああ、そうだったんですね」

橋野は納得したように頷いた。

「ここは、祖父が六十年ほど前に始めた店なんです。当時、この近辺は洋菓子が買える店も少なくて、連日たくさんのお客様がいらしたそうですが……その方も、そういうお客様の一人だったんでしょうね」

その祖父というのが、現店主の言っていた先代だろうか。

無口だが思いやりのある人で、誕生日ケーキを注文した際は、好物や苦手なものを丁寧に聞きとりしてくれた――そう、みおこさんは語っていた。

洋菓子店が珍しかったというだけではなく、そういう細やかな配慮があったからこそ、多くの人が訪れたのだろう。

「私が小さい頃も、たくさんのお客さんがいらっしゃいました。海外修業したパティシエが営む本格的なケーキ屋も、その頃には当たり前になっていたんですが……みなさん、このケーキが好きだと言ってくださって。中でも特に人気だったのが、たぬきケーキです」

たぬきケーキと聞いて、テンコが姿勢を正した。

橋野はやはり、何か言いたげな目でテンコを見てから、話を続ける。

「開店当初から、祖父のたぬきケーキは人気商品だったらしくて。私も、あれが大好きでした。あんなにかわいくて、素朴だけれどおいしいケーキは、他にない気がします。うち以外も作っているお店があると知った時は、本当に嬉しかった」

「もしかして、それでたぬきケーキめぐりを始めたんですか？」

葵が問うと、「そうなんです」と橋野は笑う。

「最初に食べに行ったのは、祖父が修業したお店のたぬきケーキでした。ですが、そのお店は私が訪れた時にはもう、廃業を決断なさっていたんです。後継者がいないという理由だったので、仕方がないことなんですが……。せっかく別のたぬきケーキに出会えたと思ったのに」

寂しそうな口調に、葵もしんみりとしてしまう。

思い浮かんだのは、かつて取材したあの喫茶店だった。

あの店の店主も、自分たちの代での閉店を決断していた。それでも、あんな形で終わる気はなかっただろう。常連客に囲まれ、ゆったり穏やかに終わっていけるはずだった。

葵の表情の変化を察したのか、橋野はあわてたように手を振った。

「すみません、なんか暗い話になっちゃいましたね。……私があまりにも落ち込んでいるからって、そこのご店主が、たぬきケーキを売っている他のお店を教えてくれたんです。それで次のお店に行ったら、若いのにこのケーキを頼むなんて珍しい、と今度はそこのご店主に話しかけてもらって。いきさつを説明したら、面白がってその人も違う店を紹介してくれて……そうやって、いつのまにかこの県のほとんどの店をめぐっていました」

ブログを始めたのは高校生の時で、最初は単なる備忘録代わりだったという。

ブログ仲間の友人に手ほどきを受け、写真や文章を工夫するうちに、どんどんのめりこんでいった。その頃からぽつぽつとコメントも増えていき、やがて地方の店の情報も寄せられるようになった。

大学進学してアルバイトを始めてからは、橋野は週末に夜行バスで全国各地に赴き、あらゆるたぬきケーキを食べ歩いた。出版サークルに入ったこともあり、取材慣れしてからは、店の人にも積極的に話を聞けるようになって楽しかったという。

けれど葵は、きっと橋野はそのサークルに所属していなくても、店の人に話を聞いただろうと思う。

たぬきケーキについて語る彼女の顔は生き生きとしていて、本当にたぬきケーキが好きなんだと伝わってくる。そして同時に、もっともっと知りたくてたまらないというストレートな探求心も、その表情からは感じられた。

すごいなあ、と葵は心の底から思った。好きなものに情熱を注ぎ続けた結果、備忘録として始めたブログは今や、同じ情熱を持つ者たちの交流の場になっている。葵とテンコもずいぶんと助けられてきた。好き、という力だけで、ここまでできる人もそういないのではないだろうか。

「ここで働いているのは、いつかたぬきケーキを復活させるためか？」

テンコが、ふいに口をはさんだ。

目を輝かせていた橋野の表情が、わずかに曇る。小さくため息をついて、

「そうですね……そうできたらいいんですが」

と肩を落とした。

「私がここで働き始めたのは、一年前です。前職を辞めて、とりあえず次の仕事を見つけるまで、という条件で、転職活動の合間に手伝っていました。バイトの子が辞めたばかりで忙しかったですが、祖父と母さえいれば、なんとか店は回せましたから。……まさか祖父が急に倒れるなんて、誰も思ってもいなかった」

「おじい様は今……」

迷った末、葵は小声で尋ねた。

「店には立てませんが、元気ですよ」

という橋野の答えに、ひとまずほっとする。

「ただ、脳梗塞だったので、後遺症が残ってしまって……もう洋菓子は作れないからと、母に店を譲ったのが今年の四月です。母一人では手が回らないので、私も正式に働くことを決めました。事務作業とか、簡単な仕込みくらいなら私もできますから。だけど……」

「たぬきケーキだけは誰にも作れんのじゃな」

テンコの言葉に、橋野はますます肩を落とした。

「……どうしてもうまくいかないんです。私は素人ですけど、母はこの道三十年のベテランです。今は別の店で修業中ですが、私の兄もパティシエです。……それなのに、二人がレシピどおりに作っても、なぜかうまくいかない。祖父のものと同じ味にできないんです」

「あの、でも、それで売らなくなってしまうのはもったいないっていうか……」

葵の疑問に、橋野は顔を上げる。

「以前とは違う味になったものを、店には並べられません」

静かなプライドを感じとった葵は、「すみません」と頭を下げる。

確かにそうだ。キッチンハルニレに置き換えて考えてみればわかることだった。

どうしても以前の味と違う――そんな料理を、坂下は許さないだろう。

「それから、これはあくまで店の事情なんですが、バタークリームを他のケーキに使わない以上は、どうしても無駄なコストになってしまいます。コーティング用のチョコレートも、たぬきケーキのためだけに買っていた特殊なものなので」

「ああ、なるほど」

「兄はまだ修業中で、今は安定してケーキを作れる人間が母しかいません。ですから極力、製造の手間も省かなければならなくて。……ただ、それ以上に思うのは。祖父が作ったあのたぬきケーキこそが、お客様が愛してくれたものだということです」

淡々(たんたん)とした声だったけれど、その奥にある無念が葵には感じられた。家族で何度も話し合って下した、苦渋の決断なのだろう。

「なるほどのう」

テンコのつぶやきに、橋野がまたあの目を向けた。

何かを言いたくて、けれど言おうか迷ってそわそわしている。そういう目だ。

テンコはそんな視線を受け止め、残りのタルトにフォークを刺した。最後の一口ぶんを口に運び、飲みこんでから言う。

「おぬし、わしの顔に見覚えでもあるのか？」

急に水を向けられた橋野は「あ、えっと」と目を泳がせた。テンコはすかさず問う。

「不躾と言いたいわけではないぞ。……わしの顔、いや、この金の髪に覚えがあるのか？」

葵ははっとする。たぬきケーキの店を訪れるたび、テンコが尋ねてきたことだった。

その答えを、まさか橋野は知っているのだろうか。

橋野はテンコと葵を交互に見て、意を決したように口を開いた。

「こちらで少し、待っていてくれますか。お見せしたいものがあるんです」

「見せたいもの？」

顔を見合わせた二人にかまわず、橋野は立ち上がってどこかへ行ってしまう。

そして、戻ってきた彼女が差し出したのは、いかにも古そうな茶封筒だった。


洋菓子リリーを出て、駅へと向かう帰り道。

葵とテンコは、橋野に渡された茶封筒の中身を眺めながら歩いていた。

「まさか、こんなものがあったとはな」

しみじみとテンコがつぶやく。テンコが手にしているのは、一枚の古い写真だった。

洋菓子リリーを背景に、三人の人物が写っている。四十代くらいの男女と、二人より頭一つぶんは背が高い女性だ。

女性は、古い写真でもはっきりわかる、整った顔立ちと美しい金の髪をしている。その顔に、葵は見覚えがあった。

――いつだったか夢に見た、テンコにたぬきケーキを差し出したあの女性だ。

「先代だよな、これ」

葵の問いに、テンコは頷いた。洋菓子リリーのほうを振り向いて、目を細める。

「あやつ、以前の店主とよほど親しかったのじゃな。写真を撮っておったとは……まったく、本当に変な山主じゃ」

あきれたような口ぶりだが、嬉しそうな気配が隠せていない。葵も、その気持ちはよくわかった。

――やっと、先代の手がかりをつかめたのだ。

写真を渡してくれた橋野はというと、先代について「祖父母が親しかった常連客」と説明していた。

「祖父は倒れたあと、この人が店に来たらよろしく伝えてほしいと、私と母にこの写真を託しました」

橋野は写真に目を落とし、懐かしそうに語った。

「祖父は昔、とても綺麗な人がたまに来てくれるって、よく言っていました。本当に綺麗なのに、気さくで優しくて……まるで神様みたいだって。そんな人がいるなんて信じられなかったけど、この写真を目にした時にわかりました。この人がそうなんだって」

写真を託された橋野と橋野の母は、代替わりでてんやわんやの日々を過ごしつつ、その女性を待った。

そうして、母子二人での経営にも少しずつ慣れてきた頃――待ちわびていたその人が、店を訪れたのだという。

「驚いたな。俺たちがあちこち探し回ってる間に、先代はここに来てたっていうんだから」

「うむ。……もう少し早くここを見つけていればのう」

テンコがため息をつく。葵は「仕方ないって」とテンコをなぐさめながら、橋野の言葉を思い出していた。

「あの人がやってきたのは、二週間ほど前です。たぬきケーキはないか、と言われて、祖父の現状も含めありのままをお伝えしました。祖父のお知り合いだと、私たちもわかっていましたから。……祖父のことも、たぬきケーキのことも、とても残念だと言ってくれて」

「他には、何か言っておらんかったか。これからどこへ行く、とか」

テンコが勢いこんで尋ねたが、橋野は首を振った。

「いいえ、何も。ただ、『冬至の頃にまた来るよ』と言っていました。『たぬきケーキを最後に食べられないのは残念だけど、ここは大切な店だから』と」

「ほ、本当じゃな？」

「ええ、間違いなく」

橋野は小さく微笑んだ。

葵とテンコは顔を見合わせた。やっと手がかりを得られた喜びに、体が震えそうだった。

その後、葵は橋野と連絡先を交換した。万が一、先代が再び店を訪れるようなことがあれば、すぐに伝えてもらうためだ。

葵の連絡アプリには、相変わらず妹からのメッセージが溜まっていたが、あとで見ればいいかとスマホをしまった。どうせいつも、大した用事ではないのだ。

新しく追加された【橋野優香】のアカウントのアイコンは、ピンク色のたぬきケーキの写真だった。

「ピンク色のたぬきなんているんですね」

「かわいいでしょう?」

と、橋野は笑った。自分のことのように得意げなのが面白く、不覚にも、その笑顔をかわいらしいなと葵は思った。

「何をにやけておる、葵」

テンコの声に、葵は我に返る。冷たい風に髪を巻き上げられながら、テンコはじっとりとした目でこちらを見ていた。

「べ、別ににやけてないし」

「……まあ、よいわ」

テンコはふっと笑った。見透かすようなその笑みに、葵は落ち着かない気分にさせられる。こういう時だけ、テンコは妙に神様っぽく見えるのだった。

駅に着く頃には、テンコは首を前後にぐらぐらさせていた。ようやく手がかりをつかんで、一気に気が抜けたのかもしれない。

改札を抜ける前に、しゃがんで「ほら」とうながすと、テンコはおとなしく葵の背に乗った。立ち上がると、「葵」と小さな声で呼ばれる。

「どうした？」

軽い体を片手で支え、もう片方の手で改札機にＩＣカードをかざす。

「ようやく、あやつのしっぽをつかんだ」

駅の雑音にまぎれてしまいそうなほど、小さな声だった。

次いで、ずび、という音も聞こえてくる。

ずっ、と鼻をすすって、テンコはもう一度口を開いた。かすかに震える声が、葵の鼓膜を揺らす。

「やっとじゃ……やっと……」

肩に落ちたしずくは、わずかにあたたかい。

電車を待つ間、葵は何も言えずにテンコの震える息遣いを聞いていた。

5章

無理なのは、承知の上じゃ

洋菓子リリーを訪ねた次の日。葵（あおい）は一つの決意を胸に、朝六時に起床した。

爆音で鳴る目覚まし時計を止め、むくりと起き上がる。朝の空気は張りつめて、しんと冷えていた。そろそろ、本格的な冬が来るのだろう。

身支度を済ませ、窓を細く開ける。身を切るような冷たい外気が、頬（ほお）に触れた。

窓の外のベランダには、テンコが座っている。テンコは毎朝ここから、飛田山（とびたさん）に意識を飛ばしているのだった。

「テンコ」

小さく呼ぶと、テンコは振り返る。意識が戻りきっていないのか、ぼんやりした顔だ。

「なんじゃ、早いではないか。今日の仕事は、夜からではなかったのか」

「仕事の前に、行きたいところがあるから。昼までには帰るけど、一人で大丈夫か？」

金色の目をしばたたき、テンコは葵を見た。

「わしは何も問題はないが。葵こそ、大丈夫なのか？」

「え？」

「ひどい顔をしておるぞ。悲壮感、というやつが漂っておる」

今の俺、そんな顔してるのか。葵は思わず苦笑した。

実際、赴（おもむ）くのに相当な覚悟が必要な場所ではある。だが、葵が目をそらしていただけで、いつかは絶対に行かなければならなかった。自分が進む道を決めた今となっては、なおのことだ。

「大丈夫。……ちょっと、けじめをつけに行くというか。それだけだから」

テンコは眉を寄せたが、

「そうか。昼飯までには戻ってくるのじゃぞ」

とだけ言った。

山王町(さんのうちょう)駅から、通勤ラッシュの急行電車に揺られること四十分。終点の駅から乗り換えを経て、さらに十五分ほどで目的地に着いた。改札を出て、南口の階段を下りる。

階段前の広場からは、三本の通りが放射状にのびていた。真ん中の通りのアーケードには、「きらほし通り商店街」と看板が取りつけられている。

かつて取材した、あの喫茶店があった商店街だ。葵が最後に訪れた時から、何も変わっていない。その変わらなさに、懐かしさではなく後悔を覚えた。

……何も変わっていないように見えるが、あの店はもうどこにもない。

後悔をひしひしと感じながら、商店街に足を踏み入れた。多くの店はシャッターが下りているが、開店準備中なのか、すでに戸を開けている店もちらほら見られる。

葵は記憶をたどり、ある場所を目指す。自分の心臓が、少しずつ鼓動を速めていくのがわかった。

かつて取材した喫茶店の店主に会って、あの時のことをきちんと謝罪する——それが、葵の目的だった。

とはいえ、いきなり商店街を訪れたところで会える可能性は低い。迷った末、葵は取材の時に世話になった、きらほし通り商店街の自治会長に電話した。それが、昨夜のことだ。

覚えていないかもしれないな、と葵は予想していたが、会長はあっさりと「ああ、雑誌の」と言った。

「喫茶ホリイの取材してた子でしょ。どうしたんだい、急に」

「あの、実は、喫茶ホリイのご店主にお会いできないかと思いまして」

電話口で、会長は「ええ?」と驚いていたが、それ以上詮索することはなかった。

「あそこ、閉店したのは知ってる? あの人、急に倒れちゃって」

「……聞きました。もしかして、まだ入院してらっしゃるんでしょうか。それとも……」

葵は最悪の事態を想定して青ざめたが、会長は「いやいや」と軽く答えた。

「五月くらいに退院したよ。でも、もう商店街にはいないんだ。退院はしたけど、通院はずっと必要ってことでさ。もっと病院の近くに住むって、息子さん一家のとこに引っ越して」

それから、少しの沈黙のあと、「でも」と会長は続けた。

「運が良ければ、会えるかもなあ。ほら、店の二階が自宅だったじゃない。あそこにまだ荷物があるからって、たまに奥さんと一緒に片づけに来てるって聞いたよ。たいてい、人通りの少ない火曜の朝に来てるらしいけど。ほら、火曜って休みの店多いから。別にそこまで気遣わなくていいのにさ、そこもあの人らしいっていうか……あ、明日火曜か」

「それなら、明日行きます」

葵は即答した。通話を終える頃には、スマホを持つ手が震えていた。

その震えは、一晩たった今も続いている気がする。店が近づくにつれ、緊張と不安は、どんどん増していった。

そうして、とうとう喫茶店があった場所に着いた。

葵は顔を上げて、かつて店だったその建物を真正面から見た。

一階はシャッターが下り、「テナント募集」とポスターが貼られている。店名入りの軒（のき）先テントや手書きのメニュー表、ころんとした形の外灯など、喫茶店だった頃の名残（なごり）は、ことごとく撤去されていた。

胸の中を、乾いた冷たい風が吹き抜けた気がした。なんて寂しい風景なのだろう。

「あら、もしかしてあなた……あの雑誌の人？」

立ち尽くす葵に、通りかかった女性が声をかけてくる。野菜が大量に入った箱を持った、恰幅のいい人だ。

誰だっけ……と記憶をたどってすぐに、葵は思い出した。老舗の八百屋さんの奥さんで、取材の時、興味を持っていろいろ話しかけてきた人だ。

「俺のこと、覚えてるんですか？」

驚く葵に、八百屋さんは「いい男のことは忘れないの」と冗談めかして笑う。

「でも、取材してたそこのお店さ、閉店しちゃったのよ」

八百屋さんは箱を抱えたまま、葵のそばに寄ってきた。

「あなたたちの雑誌に取り上げられたら、急に人気になって、行列までできてたのよね。で、ご主人も頑張ってたんだけど、倒れちゃってそのまま閉店。本当に残念、いいお店だったのに。あんな人気にならなければ、まだ元気にやってたんじゃないかしら、なんて」

親切心からか、八百屋さんは丁寧に教えてくれる。葵は「そうなんですか」と答えながら、ぐさぐさと刃物で刺されているような気分だった。

俺は、本当に取り返しのつかないことをしてしまったんだ。葵が、改めてそう思った時だった。

「あらっ、ちょっと堀井さん！　やだー、来てたの？」

八百屋さんが明るい声を上げた。その視線の先を追った葵は、目を見開く。

店のとなりの細い路地から、老齢の女性が出てきたところだった。

曲がった腰をさすりながら、「ああ、上田さん」と八百屋さんに微笑む。口元の深いしわの間に、かつてと同じ、大きなほくろが見えていた。

最後に会った時から、一気に年をとってしまったように見える。葵は胸に迫ったものをこらえ、静かに女性の名前を呼んだ。

「堀井さん」

しわに埋もれていた目が、葵をとらえた瞬間に丸くなる。

「あら、まあ……山名さん、だったかしら。取材に来た人よね？」

女性——店主・堀井氏の奥さんは言って、かすかに笑った。

覚えていてくれたんだな。

葵は嬉しいような、申し訳ないような、複雑な気持ちになった。

「久しぶりねえ。今日はどうしたの？　あ、もしかしてまた取材？」

奥さんは穏やかに問う。責め立てられてもおかしくない、と覚悟していた葵は、その反応に少し戸惑った。

「いえ、あの……」

何から伝えたらいいのだろう。葵が無駄に口を開けたり閉じたりしていると、突然、「おおい、美智子さん」と声が聞こえた。

「何してるんだ。早く行こう」

奥さんが出てきた路地から、一人の老人が姿を現した。

葵は、ずん、と胸に重い一撃を食らったような気がした。見間違えるわけがない。店主の堀井氏だ。

意外なことに、堀井氏は最後に会った時からあまり変わっていなかった。奥さんに近寄る足取りも、しゃべり方も普通だ。背すじは相変わらずしゃんとのびている。奥さんのほうが、よほど変わってしまった。

倒れた、と聞いたから、もっと痩せ衰えてしまっているかと思っていた。葵は、ほんの少しだけ安堵したのだが。

「ちょっと、あなた。ほら、山名さんよ。覚えてる?」

奥さんに言われ、堀井氏が葵に目を向けた。

穏やかで、なんの感情も読めない目だった。

「美智子さんのお知り合い?」

葵は息を呑んだ。問う声は、とても平板だった。意地悪や、嫌味で言っているわけではない。――葵のことを、本気で忘れてしまっているのだ。

何も言えない葵の横で、奥さんがそっと言った。

「ごめんなさいね。倒れてから、ずっとあんな感じで」

「……そうですか」

「お店や家族のことなんかは忘れないの。でも、時々しか会わない人のことは、どんどんわからなくなってる。……ずっと、お店のことだけ考えてた人だから。なくなって、がっくりきちゃったのかしらね」

奥さんの声は、淡々としている。だからこそ、深い悲しみが隠されているように思えて、葵は唇を嚙んだ。

あの時の葵は、店を経営している人たちの思いなど考えもしなかった。けれど、今は違う。愛し、愛された店を失った、堀井氏の絶望が理解できる……なんて、おこがましいことは言わないけれど。ほんの少しは、その一端がわかる気がした。

「堀井さん」

去りかけた堀井氏と奥さんに向かって、葵は言った。

振り返った二人に、深く頭を下げる。

「本当に、申し訳ありませんでした」

この謝罪は、葵の自己満足だ。謝ったところで、店は戻らない。けれど、こうせずにはいられなかった。

「堀井さんのお店を、たくさんの人に知ってほしかった。懐かしくて、あたたかい雰囲気で……お料理も、堀井さんご夫妻のお人柄が、そのまま表れているみたいにほっとする味で。他にはない、素敵なお店でした」

思い出すと、鼻の奥がつんとした。

泣くな、と自分に言い聞かせて、葵は続ける。

「だけど……こんなことになってしまって。本当に、申し訳ありませんでした」

しばらく、誰も何も言わなかった。無視されても当然だ、と葵は思ったが。

やがて、頭を下げたままの葵の肩に、ぽん、と手が乗せられた。葵が顔を上げると、堀井氏と目が合う。

「……いつだったか、取材に来た人かい」

――思い出してくれたのか。

驚きで言葉が出ない葵に、堀井氏は続けた。

「うちに取材なんて、ずいぶんなもの好きだと思ったよ。騙すつもりじゃないか、なんて。

だけどねえ、あなたの取材は、とても真剣で丁寧で……なんていうか、とてもよかったんだ」

　堀井氏は、小さく笑った。

「私はね、そういう人だから取材を受けたんですよ。だから、気にしないでくれ」

　もう一度肩をたたいて、堀井氏は葵に背を向けた。

　見送る背中が、涙でにじむ。あわてて、服の袖で目を覆った。

　堀井氏は、葵のことを思い出して、許してくれた。本当に嬉しくて、ありがたくて、だけどやっぱり申し訳なくて、心がぐちゃぐちゃだ。

　ぐちゃぐちゃの心の隅で、頑張ろう、と葵は思った。こうして、許してもらえたのだから。

　寄り添って去っていく夫妻の背中に、葵はもう一度頭を下げた。


　次の日から、気持ちを新たに、葵はたぬきケーキ作りに取り組んだ。

　とはいえ、まだメレンゲの基礎も習得していない。しばらくは、早朝やランチタイム後、仕込みを終えてからメレンゲ作りの練習に励んだ。

　葵は主に早番なので、練習時間を確保するためには五時起きしなければならない。寒い中、早朝出勤するのはつらい時もある。けれど、冷たく澄んだ空気をいっぱいに吸いこんで店に向かうのは、しゃっきりと気分が引き締まって好きだ。

そんなふうに、秋の終わりの寒さにも慣れてきたある日。

キッチンハルニレは、昼の十二時をすぎても珍しく暇だった。

常連客や、ふらりと立ち寄る観光客のおかげで、幸い店内が無人ということはなかったが。二時すぎからは、ぱったりと客足が途切れてしまった。

「なんか今日、暇ですね」

「まあ、こういう日もたまにはあるよね。今日は試作の日にしてもいいか……あ、いらっしゃいませ」

坂下（さかした）の声に、葵も「いらっしゃいませ」と続けようとした。

……が、ドアを押し開けた人物の姿を目にした途端、口を開けたまま固まってしまう。

ドアの前に立った女の子は店内を見回し、葵に目をとめて笑った。

「本当にここで働いてるんだ、アオくん」

「……椿（つばき）」

なんでここに、と問おうとして、葵ははっとした。好奇心むき出しの坂下の視線が、びしびしと突き刺さっていることに気づいたからだ。さっさと誤解を解かねば面倒だ。

「店長、違いますからね」

「照れなくてもいいって。愛されてるねえ、葵くん。あ、俺、席外したほうがいい？」

「違いますってば！　あれ、妹です」

「え、そうなの？　似てないね」

坂下が、若干つまらなそうに言う。

当の妹・椿は葵たちのほうに歩み寄ってきて、

「兄がお世話になってます」

と、ほがらかに笑った。

あの椿が——思春期を迎えたあたりから、怪獣みたいにギャーギャーわめいて母と熾烈な言い争いを繰り広げてきた妹が、まるで大人みたいなことを言っている……と、葵はおののいた。

椿は優雅にテーブル席に着き、季節のスイーツセットを注文する。栗のタルトとバニラアイス、紅茶を乗せた盆を葵に渡して、坂下は言った。

「アイスはサービスね。どうせ暇だし、ゆっくり話してきなよ」

話すことなど思いつかなかったが、なぜ椿が来たのかは単純に気になる。ここは坂下の厚意に甘えることにした。

スイーツセットを椿の前に置いてから、葵は向かいの席に座る。

「なんで来たんだよ。ていうか、ここで働いてるって俺言ったっけ?」

「お母さんに聞いたの。このお店、ちょっと前にSNSでバズったんだっけ? すごいね」

スイーツセットをいそいそとスマホで撮りながら、椿は言った。

「あのさ、アオくん宛てに届いた手紙、うちにけっこう溜まってるんだよ。高校の会報とか、奨学金の残額通知とか。そういうの、まとめて届けに来たの」

「え、言ってくれればとりに行ったのに」

椿は「いやいや」とあきれたように言い、じろりと葵を見た。

「どの口が言いますかね。私とお母さんの連絡、スルーしてるじゃん」

「はい、すみません……」

思い当たるふししかない。葵は素直に謝った。

人からはまじめと評価してもらえることが多い葵だが、どうも「誰かにマメに連絡する」「自分に来たメッセージを確認する」という行為だけは苦手だった。特に母や妹の場合、重要な用事があるなら電話してくるだろうと思い、ついつい未読のままにしてしまう。

……椿の場合は、本当にどうでもいいことで連絡してくることが多すぎたために(『先生がうざい』とか『この犬かわいい』とか)、無視する癖がついたというのもあるが。

「あんまり心配かけないでよね」

椿は言って、栗のタルトをさくさく切り分けた。

あの椿に説教される日が来ようとは、と葵は複雑な気持ちになる。

「アオくん、ほとんど何も言わずに出ていっちゃったし。『会社辞めた。知り合いのとこで働くから、家も出る』しか言わないんだもん。あの時、お父さんもお母さんも私も、みんなびっくりしたんだからね。しかもそのあと、まったく音沙汰ないし」

「それ以外に言いようがないだろ」

「知り合いって誰⁉　とか、どういう経緯でそういうことになったの⁉　とかいろいろ気になったんだけどさ。アオくん、言わないって決めたことは絶対に言わない人だからって、みんなで諦めた」

だって、なんだか恥ずかしいし……と、葵は誰にともなく内心で言い訳する。相手が期待している話題ではないかもしれないのに、べらべら話すなんて。

しかしそれを抜きにしても、最近は忙しくてスマホの通知も全然確認していない。既読にならないメッセージにため息をつく母のことを思うと、さすがに申し訳なくなってきた。

「あーのさ、父さんと母さんにも、ごめんって言っておいて……」

ごにょごにょと口の中で言う葵に、椿は「いや、自分で言えし」とあきれ気味に笑った。

「まあ、今の仕事が楽しいなら、それでいいんじゃないの」

「まあね、楽しいよ」

葵は、椿の目をまっすぐ見る。偽りのない本音だった。

葵が目指す理想が、正しいものかはわからない。それでも、キッチンハルニレをいい店に——喫茶ホリイのように、誠実で、長く愛してもらえるような店にしたい、という気持ちは、以前よりずっと大きくなった。

もちろん、SNSや雑誌で評判らしいのも、ありがたいし嬉しいことだけれど。もし将来、情報発信の手段がすべて消えるようなことがあったとしても、変わらず来てもらえるような店でありたい。お客さん一人一人の声に耳を傾け、ひたむきに料理を作り続けて。

そうして、テンコにとってのたぬきケーキのような、誰かの大切な思い出の味を作れたら嬉しい。

葵の思いが伝わったのか、椿は笑って「わかった」と頷いた。スイーツセットを食べ終え、葵に手紙の束を渡して、席を立つ。

「たまにはアオくんからも連絡してね」

そう言い残して、椿はレジに向かった。

葵もそれを追って、レジに立とうとした時だった。

「あれが、お前の妹か」

いつのまにか、テンコが近くのテーブル席に座っていた。葵はぎょっとする。

「いたのか、テンコ」

「雇い主が呼びに来たんじゃ。今日はもう昼飯にしようと。……葵の妹がいるから、気になったら見に来るといい、とも言っておった」

ふわあ、とあくびをしながらテンコは話していたのだが。葵が椿を見送ってから戻ってくると、テーブルに突っ伏して眠ってしまっていた。

テンコは最近、店の二階で眠っていることが多くなった。

起こしてからもしばらく、ぼんやりとしていることが多い。葵に「誰じゃ」「ここはどこじゃ」と問う日も増えていた。

寂しいような、苦しいような気持ちで、葵は眠るテンコを見下ろす。

眠りにつく前に、先代のことを忘れてしまうかもしれない――それが、少しずつ現実味を帯びている気がして。

翌日の日曜日、葵はテンコをともなって電車に乗った。橋野のはからいで、先代を知っているという、橋野の祖父に会えることになったのだ。

橋野から突然の電話があったのは、堀井氏と再会できた次の日だった。

驚いて電話に出た葵に、橋野は「祖父に会ってくれませんか？」と言った。

「祖父は今、叔母の家で暮らしているんです。リハビリ施設にも、病院にも近いので。それで、テンコさんのことをお話ししたら、ぜひ一度お会いしたいと言っていて……」

「そんな、いいんですか？」

「ええ、これも何かのご縁でしょうから」

「ありがとうございます、橋野さん」

「あの、優香(ゆうか)でいいですよ。店でもそう呼ばれてるんで。橋野って言われると、一瞬、お母さんのこと？　ってなっちゃうんです」

電話口で、橋野がかすかに笑う気配がした。

葵はなぜか鼓動が速まるのを感じながら、「ありがとうございます、優香さん」と言い直したのだった。

そして今に至るまで、鼓動の加速はまだ収まっていない。思春期じゃあるまいし、と自分に言い聞かせて、葵はテンコとともに電車を降りる。

「山名さん！」

駅の改札を出てきょろきょろしていたら、聞き覚えのある声がした。

振り向くと、淡いグレーのニットにデニムパンツをはいた橋野が駆け寄ってくる。店ではまとめていた髪も、今日は結ばずに下ろしていた。

今日は私服なんだ、と葵は思う。店の外だから、当然といえば当然なのだが。店ではいかにも「店員さん」という服装だったから、カジュアルな装いが新鮮に感じられた。

「お休みの日に、わざわざすみません」

「いえ、こちらこそありがとうございます。おじい様の体調、大丈夫でしょうか」

「ここのところは元気です。リハビリ担当の方も、すごく順調だって褒めてくれたみたいで」

そんなことを話しながら、ロータリーへやってきたバスに乗りこんだ。

テンコはというと、眠さのせいか、それとも緊張しているのか、ずっと無言だ。

「祖父は、テンコさんに会えるのを楽しみにしてますよ」

窓の外を眺めるテンコに、橋野は言った。テンコは、ただ頷いただけだった。

十分ほどバスに揺られ、川沿いの住宅街のバス停で降車する。住宅街の最奥に、橋野の叔母の家はあった。

気さくな叔母に出迎えられ、葵たちは廊下の奥の一室に向かう。開け放たれた六畳(じょう)ほどの和室で、高座椅子(いす)に座った老人がテレビを見ていた。

「おじいちゃん、来たよ」

橋野の声に、老人は振り向いた。

厳格そうな人だ、と葵は思った。パティシエというより、職人といった雰囲気がある。

「おお、優香」

孫の名前を呼びつつも、その視線はテンコに釘づけだった。テンコは、居心地が悪そうに葵の後ろに隠れる。

橋野の祖父は無言でテンコを見つめていたが、やがて、厳格な顔をほころばせ笑った。

「その髪、狸猩さんにそっくりだ」

葵は思わず、テンコを見た。

狸猩、という名前はおそらく先代のものだろう。

テンコは、意を決したように葵の前に出てくると、静かに言った。

「狸猩は、おぬしの店の常連だったと聞いた」

橋野の祖父は、テンコの顔をまじまじと見る。

「あなたは、狸猩さんのお知り合いですか」

「……そうじゃ。おぬしの店のたぬきケーキを、あやつはとても褒めておったぞ」

テンコの言葉に、橋野の祖父は目を細めた。

「それは、なんとも嬉しいことだ。……狸猩さんが初めて来たのは、開店十周年の記念日でね。二月のとても寒い日だったが、ありがたいことに、たくさんのお客様に来ていただいて……そろそろ店じまいをしようかと妻と話していた時、ふらっとあの人が現れたんです」

テンコは、一言も聞き漏らすまいとするかのように、橋野の祖父をじっと見る。獣の形をした耳も、帽子の下でぴんと立てているに違いない。

「とても綺麗な人が来たものだから、私も妻もあっけにとられてね。狸猩さんはそんな私たちに、腹が減って仕方ないから、申し訳ないが何かくれないかと言うんです」

当時のことを思い出したのか、しわの寄った口元に小さく笑みが浮かぶ。

「とはいえ、もう売り物はほとんどない状態でしたから。仕方なく、一つだけ残っていたたぬきケーキをお出しして」

「たぬきケーキを……」

思わず、といったふうにテンコがつぶやく。橋野の祖父は一つ咳をして、続けた。

「狸猩さんは、たぬきケーキをとても気に入ってくれた。こんなものは食べたことがない、すごいな、と絶賛してね。照れくさかったけど、嬉しかった」

橋野の祖父は、懐かしそうに目を細めた。

「それから狸猩さんは毎年、開店記念日に来てくれてね。たぬきケーキと一緒に、決まってその年の新商品を頼んでくれるんです。売り上げがのび悩んだ年も、新商品の試作が難航した年も……『本当にうまい』と狸猩さんが笑ってくれたから、私も妻も頑張れた」

そこで一度言葉を切り、橋野の祖父は改めてじっとテンコを見る。

テンコも、臆することなくその視線を受け止めた。

「狸猩さんは、いつ見ても年をとっていなかった。それに、他のお客様とはなんというか、雰囲気が違いました。……あの人は、神様みたいなものなんでしょうか」

橋野の祖父は、そう尋ねた。

神様、という言葉に、葵はどきりとする。

神様のように思わせる雰囲気を持った人、というのが、葵にはいまいち想像できない。

「そのようなもの、とだけ言っておこう」

少しの沈黙のあと、テンコはそれだけ言った。

橋野の祖父は「そうですか」とつぶやき、大きく咳をした。喉につまった空気を吐き出すような、苦しそうな咳だった。

「最後にあの人と会ったのは、今年の開店記念日……私が倒れる少し前だった。たぬきケーキを買ってくれて、話をして。そこまでは同じだった。だけど帰る前に、あの人は『来るのはこれが最後かもしれないな』と言ったんです」

　ショックでしたね、と橋野の祖父は消え入りそうな声でつぶやく。

「妻は三年前に亡くなりましてね。店も昔に比べたら、お客様は減ってしまった。それでもなんとかやってきたのは、狸猩さんがいたからだ。……あの人は、『頑張るんだよ』と言いました。『私がいなくなったあとも、この店が続く。それはとても幸せなことだと思うんだ』と……」

　椅子の背に深くもたれ、橋野の祖父は長いため息をついた。話し疲れてしまったのか、それとも、こみ上げた思いをなだめてやりすごそうとしているのか。

「狸猩さんは、今どうしていますか」

　しばらく間を置いてから、橋野の祖父が尋ねる。

　何を聞いてもいい、というような、覚悟を固めた顔に見えた。

　テンコは静かに首を振る。

「今はわからぬ。あやつは秋の始まりと同時に、わしの前から姿を消した。そのため、わしはあやつを探しておったのじゃ。たぬきケーキを手がかりにな。……そうしてやっと見つけたのじゃ、おぬしの店を」

　テンコは一度言葉を切って、橋野の祖父に近づいた。

「もう、おぬしが店に立つことはないと聞いた。……あのたぬきケーキは、もう手に入らぬのか？」

すがるような、切実な声だった。

橋野の祖父は、苦しげに眉を寄せる。

「申し訳ない。私はもう……」

「無理を言っているのは、承知の上じゃ」

テンコはぎゅっと両手を握りしめ、悲しげにうつむいた。

「……わしはあやつにとって、いたらぬ弟子であった。せめて最後に、不出来を詫び……そしてできるなら、たぬきケーキを食べさせてやりたい」

最後のほうは、今にも消えそうに小さな声だった。

思い出のたぬきケーキを食べる理由は、テンコの神通力を回復させることでもあったが。

テンコは今、その目的を忘れているように思える。

そんなにも、先代のことが大切なのだ。今、改めてそれを実感した葵は、胸が締めつけられるような心地がした。

しばらく、重苦しい沈黙が漂った。

それを吹き飛ばしたのは、橋野の明るい声だった。

「よし、わかりました。それなら私たちがやってみせます」

「……優香さんが？」

葵は驚いて橋野を見る。

橋野はずんずんと前に進み出ると、祖父に言った。

「私たちも、本当に諦めていいのかってずっと考えてた。お客様はみんな、たぬきケーキが好きだったから。だからおじいちゃん、やってみていいでしょう？」

橋野の祖父が、驚いたように体を浮かせる。

「だけど、優香。そんなの、お前たちに負担がかかるだろう。今並んでるケーキだって、最近になってやっと回せるようになってきたって……」

「でも、待ってる人がいる。お客様のご要望に応(こた)えるのが私たちの仕事だもの」

それに、と橋野は笑った。

「私も、おじいちゃんのたぬきケーキが好きだし」

「狸猩も、きっと最後にあれを食わねばやりきれぬ」

テンコがつけ加える。葵も、二人の後ろで何度も頷いた。

橋野の祖父は、しばらくぽかんとした顔で葵たちを見ていた。

やがて、そっと目頭(めがしら)を押さえる。

「……そうか。それなら優香、頼んだぞ」

言葉の途中で、橋野の祖父は激しく咳きこんだ。橋野があわててその背をさする。

「おじいちゃん、もう休んで。すみません、今日はこのあたりで」

葵が頷くと、橋野の祖父は咳の合間にすまなさそうに言った。

「申し訳ない。久々にたくさん話したので……」

「いえ、こちらこそ、長々とお話しさせてしまって……」

丁寧に話をしてくれたことがありがたい一方、今になって申し訳なさも募ってきて、葵は頭を下げる。テンコも、しょぼくれた犬みたいな顔で橋野たちを見守っていた。

出かけてしまった叔母の帰りを待つという橋野を残し、葵たちはその場を辞した。玄関まで見送りに来てくれた橋野は、葵たちに頭を下げる。

「今日は、ありがとうございました」

「いえ、すみません。おじい様、疲れてしまったんじゃ……」

「後遺症で、ちょっとしゃべりづらいんです。だけど、大丈夫ですよ。私も今日、祖父と話せてよかった。……たぬきケーキ、実は諦めたくなかったですから」

橋野は葵を見て、力強く笑った。

「うちのたぬきケーキを、絶対に復活させます。あの人が来る、冬至までに」

「あの、俺も手伝います」

葵は言った。頼んだのは葵たちなのだから、それくらいはしたい。

橋野は「本当ですか？」と顔を輝かせた。

「嬉しいです。山名さんも、飲食店で働いてますもんね。心強いです」

「あの、実は、俺が働いている店でもたぬきケーキを作ることになりまして」

葵は、新メニュー作りについて打ち明ける。「なるほど」と頷く橋野に、葵は思いきって言った。

「たぬきケーキのレシピが、調べても出てこないんです。だから、その、教えていただけないかなあ、なんて……もちろん、全部同じようには作らないですから！」

うちの店のレシピを流用するなんて、と怒られることも覚悟したが、橋野はあっさりと頷いた。

「もちろんいいですよ。あ、念のため、あとで母に確認させてください。母も、問題ないって言うと思いますけど」

あっさりと許可を得られて、葵は拍子抜けする。

「いいんですか？　レシピって、そう簡単に教えちゃ駄目なんじゃ……」

尋ねると、橋野は「まさか」と声を上げて笑った。

「いいんですよ。祖父だって、他の店で教えていただいたレシピをもとに、たぬきケーキを作ったんですから。それに、私たちが山名さんにレシピを教えたら、新しくたぬきケーキの店が増えるってことですよね？　私は、それが一番嬉しいです」

そういえば、この人はたぬきケーキが大好きなんだった。

葵は、はじけるような橋野の笑顔を見ながら思い出す。たぬきケーキが関わると、橋野は本当にいい笑顔になる。

もっと、この人のいろいろな顔が見てみたい。

葵はふとそんなことを思い、そう思った自分自身に驚いた。

帰りのバスの中で、テンコは言った。

「あやつはやはり、とんでもない山主(やまぬし)だったのじゃな。御山を守るだけでなく、人の支えにもなっていたとは」

くく、と笑う横顔が楽しそうで、葵はなんだか嬉しくなる。

ここに来る前は、こわばった顔をしていたのに。今のテンコの顔は、生き生きとして見えた。

「であるからこそ。あやつのあとを継ぐのは、気が重いのう」

「……確かに、すごい人だったのかもしれないけどさ。たぬきケーキを復活させるのは、きっと俺たちにしかできない。それって、テンコも十分すごいってことにならないか？　だから、大丈夫だよ」

テンコは葵を振り仰ぎ、目をしばたたいた。なぜか、ひどく驚いているようだ。

「どうした？」

尋ねると、テンコは驚いた顔のまま言う。

「……葵は時折、わしでも驚かされるような発想をするのう。ま、ごくたまにじゃが」

「たまにってなんだよ、おい」

「人間の若造にしては、上出来という意味じゃ」

そう言って、テンコはおかしそうにからからと笑った。

6章

欠けておるものは…

橋野の祖父を訪ねた日の夜、さっそく橋野から電話がかかってきた。

「レシピの件、母もオッケーしてくれました」

というはずんだ声に、葵もほっとした。テンコが「なんじゃ、わしにも聞かせい」とスマホに耳をくっつけたがるので、スピーカーをオンにする。

「祖父の許可も得られましたし、さっそく、たぬきケーキ作りに挑戦してみます。あの常連さん……狸猩さんは、冬至にまた来ると言っていました。ですから、期限は冬至の三日前まで。それまでに、味の再現ができなければ……今度こそ、たぬきケーキは諦めることにしました」

それに関しては、葵も異論はなかった。長く愛される店を継いだ者として、中途半端な商品を出したくない、という思いが伝わってきたからだ。

「それで、試作品の味見をテンコさんにお願いしたいんです。うちのたぬきケーキの味を、細かく覚えてらっしゃるみたいですし……大丈夫でしょうか？」

「うむ、任せるがよい」

「あ、テンコさんも聞いてたんですね。では、よろしくお願いします」

テンコの威勢のいい答えに、橋野が笑う気配がした。

そうして次の休日、葵はレシピを教えてもらうべく、テンコとともに洋菓子リリーへ向かった。吹き抜ける風が肌を切るように冷たく、秋の終わりをいよいよ実感する。

洋菓子リリーのドアには、以前はなかったクリスマスリースが飾られている。ドアを押して店内に入ると、電子チャイムの向こうからクリスマスソングが聞こえてきた。

そういえば、あと一カ月でクリスマス——洋菓子店の超繁忙期だ。

葵は、今さらそのことに気づいた。

……そんな時期に「自分の職場の新メニューにしたいので、たぬきケーキのレシピを教えてください」なんて、ものすごく厚かましいのでは、とも。

「いらっしゃいませ。あ、山名さん」

店の奥から現れた橋野は、葵のそんな罪悪感を吹き飛ばすように笑った。

「すみません、お忙しいところ無理を言って……」

膝に額をぶつける勢いで、葵は頭を下げた。橋野があわてたように言う。

「そんな、いいんですよ！　母も『レシピを教えるなんて、名店みたいね』なんて言って、嬉しそうでしたから」

頭を上げた葵に、橋野は微笑んだ。決意を感じさせる、強い笑みだ。

「それに、私たちとしても、改めてレシピを振り返るのは大事だと思うんです。祖父のたぬきケーキと、どこが違うのかを確かめるために。……今度こそ、成功させたいですから。

テンコさんと、狸猩さんのためにも」

葵はもう一度頭を下げた。

橋野は、テンコと狸猩の関係や正体を詮索してこない。何も知らないのに、ただ「お客様だから」というだけで、ここまで協力してくれる。その優しさが、本当にありがたかった。

厨房に案内された葵は、手を洗って、持参したキッチンキャップとエプロンを身に着ける。味見係のテンコの髪も結ってやり、ニット帽の中に押しこんだ。

「よろしくお願いします」

「はい、こちらこそ」

中央の作業台の前に立った、橋野の母が笑った。台上には、焼成済みのスポンジ生地や溶かしたチョコレートが並んでいる。

「じゃあ、まず私が一つ作ってみましょうね。シンプルなレシピなので、そんなに難しくないですし、アレンジもしがいがあると思います。あとでレシピメモもお渡ししますね」

そう言って、橋野の母は手早くたぬきケーキを作り始めた。

まず、薄く焼き上げたスポンジ生地を円形にくりぬいたものを、間にアプリコットジャムをはさみつつ積み上げる。

そうしてできた円柱の側面にバタークリームを塗り、上面には絞り袋に入れたバタークリームを丸く絞り出す。その丸く盛り上げた部分が、のちにたぬきの顔になるのだ。

それから、コーティング用のチョコレートを全体にかけて、コーティングが固まらないうちにたぬきの顔を成型するのだが、

「あ、こうやって作るんだ……」

その作業を見ていた葵は、思わず声を上げた。

バタークリームが盛られた顔部分の側面中央あたりを、橋野の母が手早く二本の指でつまんでみせると、あの特徴的な目の周りの模様が現れたのだ。

スプーンで削ってくぼみを作っている、と予想していた葵にとって、その工程は驚きで、少しの感動さえ覚えた。指でつまむと、あの特徴的な模様だけでなく、鼻のとがりも同時に作れるのだ。

「最初にこのやり方に気づいた人、すごいですね」

葵の言葉に、橋野の母は「確かにねえ」と笑った。

「私はね、子どもの頃から父のケーキ作りを見ているから、そんなものとしか思わなかったですけど。確かに、自分では思いつかなかったでしょうね」

「このやり方は、レシピを教えてくれたお店でも同じだったんでしょうか」

「そうだと思いますよ。そのお店のケーキも、私は食べたことがありますけどね。そっくりな顔をしてましたから」

会話をする間も、橋野の母は手を止めない。

アーモンドスライスの耳を、頭部にななめにさし、目の模様の中央に、小さめの絞り袋につめたバタークリームを絞り出した。白目となるそのクリームの上に、チョコペンで慎重に黒目を描き足す。

チョコペンを握る橋野の母の表情が、あまりに真剣なので、葵も固唾を呑んで見守っていたが。無事に、かわいらしいたぬきの顔が完成した。

愛らしく、それでいてどこか気の抜けたような絶妙な表情だ。

橋野の母は満足げに頷き、葵とテンコを振り返った。

「あとは冷蔵庫で冷やしてできあがりです」

そうして示された完成品を、作業台に駆け寄ったテンコはあらゆる角度から眺める。

鼻先がケーキにくっつきそうなほどの至近距離に、葵は「近い近い」とテンコの肩をひいて下がらせつつ、完成品を観察した。

アクセントに鼻をつけたり、バタークリームにコーヒーの風味をつけたりしていた他の店に比べて、見た目も中身もスタンダードなたぬきケーキに思える。強いて言えば、アプリコットジャムを入れていることが特徴だろうか。

「冷えたら、食べてみてもいいでしょうか？」

身を乗り出すテンコを押さえつつ、葵は尋ねた。

「ええ、もちろん。そちらのお嬢さんは、父のケーキを食べたことがおありなんですよね」

橋野の母はテンコを見る。テンコが頷くと、

「気を遣わないでいいですから、正直な意見をお聞かせくださいね」

と、穏やかに微笑んだ。

けれどそれは、「先代の味と違う」と指摘されることに対して、覚悟を固めたような表情にも見えた。

「それじゃ、冷やしている間に一緒に作ってみましょう。まずは体験してみることが一番ですから」

明るい声でうながされ、葵はステンレスの作業台の前に立つ。

本格的なケーキを作るのは初めてだ。緊張しつつ、橋野の母の指示に従った……つもりだったが。

まずは、スポンジ生地作りだ。しかし、仕込みと簡単な盛りつけくらいしか経験がない葵は、どの作業をするにも手間取ってしまう。

温度計をもたもたボウルに突っこんだり、ホイッパーをぎこちなく動かしたりする葵に、

「じゃあ、いったん生地を落としてみましょう。『の』が書けたらちょうどいいので」

「もうちょっとゆっくり！　気泡が潰れると、生地は膨らまないです」

と、橋野の母は的確な指示を出してくれる。

苦戦すること約十五分、なんとかスポンジ生地のもとを天板に流し入れて、オーブンにセットすることができた。

スポンジ生地の焼成時間は十五分。その間に、バタークリームを作る。まずは、メレンゲを泡立てるところからだ。

坂下のアドバイスを思い出しながら、葵はボウルをキッチンペーパーで拭き、卵白を慎重に落とした。

初めてのメレンゲ作りが失敗に終わったあと、坂下の指導のもと、何度もメレンゲを作った。大げさではなく、家での自主練も含めたら百回は作ったと思う。コツも覚えてきたので、卵白を泡立てるだけのスタンダードなメレンゲ作りなら、かなり上達したはずだ。

砂糖を少量と、ほんのひとつまみの塩を卵白に加える。残りの砂糖を数回に分けて入れながら、ハンドミキサーで混ぜていくと、あっというまに卵白がクリーム状に固まっていく。

「上手ですね。それくらいで、いったん止めてください」

コンロの前に立っていた橋野の母は笑い、混ぜていた小鍋を火からおろした。

小鍋の中には煮つまった液体が入っていて、粘度の高い泡が噴き上がっている。

「これはね、砂糖を煮つめたものです。百十七、八度になったら火を止めて、卵白に混ぜます」

「あ、確か温度を指で測るんですよね」

初めてたぬきケーキのことを話した日、バタークリームの作り方を解説してくれた坂下が、そう言っていた気がする。

「そうそう、よく知ってますね。温度計でもいいんですけど、慣れたら指のほうがてっとり早いんですよ。ここからはコツがいるので、私がやりましょうね」

固まった卵白入りのボウルを渡すと、橋野の母は慎重に小鍋を傾けた。

煮つまった水あめ状の砂糖水を、少しずつ卵白に落としてはハンドミキサーで混ぜる、という作業を繰り返すうちに、クリーム状になった卵白はつやを帯びてくる。ハンドミキサーの軌跡(きせき)が、消えずにくっきり残るようになったところでスイッチをオフにした。

ボウルの中身をホイッパーで数回混ぜてから、橋野の母は手を止めた。

「はい、できました。これが、イタリアンメレンゲというメレンゲですね」

「すごい、綺麗ですね」

ボウルの中のメレンゲは、つややかに輝いている。生クリームよりもきめ細かく、ハリと弾力があるのが一目でわかった。食べるのがもったいないくらい綺麗だ。

「バタークリーム自体は、普通のメレンゲを混ぜても作れます。ですが、このイタリアンメレンゲのほうが成型しやすいですし、食感もいい。生クリームの代わりに使うのなら、食感は大事だろう、というのが先代のこだわりでした」

そう語る表情は懐かしそうで、橋野の母にとっても、たぬきケーキが大切な思い出の一品であることが伝わってくる。

イタリアンメレンゲが完成したら、あとは常温に戻した練りバターを混ぜれば、バタークリームのできあがりだ。

バターを加えたメレンゲをホイッパーで混ぜ、仕上げにゴムベラでなじませている途中、オーブンが鳴ってスポンジ生地の焼き上がりをつげた。

冷却ラックに天板を乗せて冷まし、橋野の母に言われるまま一口味見をする。興味深そうに覗きこむテンコの口にも、切りとった一口ぶんを放りこんでやった。

「アプリコットジャムとバタークリームで甘さを出したいので、スポンジ生地の砂糖は最低限です。コーティングにも、ビターチョコを使いますね」

その言葉のとおり、スポンジ生地の甘さは控えめだ。しっとりと身のつまったような食感で、王道のスポンジ生地といった風情がある。

味を覚えようと、もう一切れ口にした葵の横で、テンコは何か考えこむような顔でスポンジ生地を見つめていた。

なんだろう、すでに味の違いがあるのだろうか。

不思議に思いつつも、葵はくりぬいたスポンジ生地を積み、側面にバタークリームを塗った。たぬきの頭部になるバタークリームは、上面に盛り土をするように絞り出す。

パレットナイフや絞り袋は、キッチンハルニレでも使ったことがある。それでも、ホイップクリームとバタークリームではだいぶ勝手が違うことを、葵は初めて知った。

バタークリームは固めの感触で、生クリームよりも成型しやすいが、なめらかさは劣る。均一に塗ることが難しいうえ、絞り出すのにけっこう力が必要だ。

しかし、力をこめて絞り袋を握っていると、今度は手の温度でクリーム自体が溶け、脂っぽさが増してしまう。

苦戦しつつも、橋野の母に助けてもらい、たぬきケーキの土台は完成した。

「それじゃ、いよいよ顔作りですね」

と、橋野の母は土台にチョコレートをかけた。バタークリームのやわらかな白が、つややかな茶色に覆われていく。

「指でつまむ時はとにかくすばやく、がコツです。力を入れすぎず……なんて言えばいいんでしょうね。塩をほんの少しつまむ時の力加減ですかね。それで、つまんだらすぐに手前にひく……って感じです」

「なるほど、やってみます」

葵はつやつや輝く茶色のケーキに向き直る。まだのっぺらぼうで耳もついていないので、ただの丸い突起がついたチョコレートケーキといった風貌(ふうぼう)だ。

息を吸い、えいやっと親指と人差し指を滑らせる。少しいびつなものの、あの特徴的な目周りの模様が現れた。

その模様があるだけで、「これはたぬきケーキだ」とわかるようになるから不思議だ。

感心する葵の横で、橋野の母が「上手です」と微笑む。

アーモンドスライスを頭部にななめにさし、小さな絞り袋から白目を絞り出した。最後に黒目をちょん、と描いて、葵の初めてのたぬきケーキは完成した。

「できましたね」

「はい……ありがとうございました」

頭を下げると、首筋が鈍く痛んだ。普段は使わない筋肉を酷使したのか、首も肩も凝(こ)っている。

それでも、完成したケーキを見た葵は、自然と笑ってしまった。

ちゃんと作れた、ということが予想以上に嬉しかったのと、今にもケーキにかぶりつかんばかりに目を光らせているテンコの表情がおかしかったからだ。

橋野の母もテンコの顔に気づいたのか、微笑んで冷蔵庫の扉を開けた。葵の作ったケーキを中に収め、入れ替わりに、先に冷やしていたケーキを取り出す。

「冷えたみたいですね。さ、召し上がってください」

冷え冷えとしたたぬきケーキが作業台に置かれる。その時、店のほうから橋野の「店長、ちょっといい？」という声がした。

「あら、ちょっと行ってきます、遠慮しないで食べちゃってくださいね」

「うむ」

テンコは頷き、フォークを手にとった。

頭部にフォークを突き立て、いつもたぬきケーキを食べている時と同じ、迷いのない手つきでケーキを切り分けていく。

そうして一口ぶんを、ゆっくりと口へ運んだ。

「……どう？」

葵は尋ねた。テンコはそれを無視して、しばらく無言でケーキを食べ進めていた。いつになく真剣な様子だ。葵も黙って、テンコの言葉を待った。

半分ほど食べ進めたところで、フォークが置かれる。テンコは半分になったケーキをしばらく眺めたかと思うと、フォークをまた手にとった。

ケーキを横倒しにして、手早く分解する。チョコレートコーティング、バタークリーム、スポンジ生地、アプリコットジャムを一口ずつ食べ、テンコは再びフォークを置いた。

どうしたんだ、と疑問を口にしたい衝動をこらえ、葵は黙って見守る。目を閉じたテンコが、集中して何かを探っている様子に見えたからだ。

戻ってきた橋野の母も、テンコの様子に緊張した面持ちで口を開く。

「……どうでしょう」

その声に、テンコは目を開けた。橋野の母を振り返り、言う。

「簡潔に言うぞ。言葉が足りぬ部分は許せ。菓子の作り方に精通してはいないからの」

テンコはもう一度目を閉じ、再び開いて言った。

「足りないのは香りじゃな。……このケーキには、以前あった香りが欠けている」

以前あった香り、というものが結局なんなのかは、最後まで判然としなかった。

「うまく伝わるかのう……」

前置きしたうえでテンコが語った違和感は、おそらく材料の微妙な香りが違う、ということと、はっきりと記憶に残っていた特徴的な香りが欠けている、ということだった。

「味そのものは、変わっていないように思う。しかし、香りの欠如が明白なのじゃ。……本当に、材料は変えておらぬのか？」

問われた橋野の母は、しばらく難しい顔で考えこんでから口を開く。

「変えていません。……変えていないのですが、香りが違う、というのは確かに私も思っていたことです」

「やはりな。……先代が味を確かめたことはあるのか？」

「いえ、父が倒れたのは本当に突然のことでしたから、私が作ったものを食べたことはなくて。それに今は、後遺症の麻痺のせいで、口を動かすのも支障があって。誤嚥予防で、食事に制限があるんです」

「ああ、そうだったんですね」

記憶をたどり、葵は納得する。

確かに、橋野の祖父は時折、唾を飲みこむように言葉を切ったり、疲れたように息を吐いたり、しゃべりづらそうにしていた印象がある。そういえば、脳梗塞の後遺症があると橋野が言っていたことを思い出す。

「本人は平気だと言っていますが、心配ですし、やっぱりリハビリが優先なので。レシピと、作り方のコツは先日確かめてもらったので、そこは間違いないですし」

「そうか、では何が違うのかのう……」

「でも、レシピや手順も、もう一度確認してみますね。それと材料も。父だけでなく、仕入れの業者にも話を聞いてみます」

橋野の母はそう約束して、ひとまず今日のところは解散となった。

帰り際に橋野が、葵の作ったケーキを箱に入れて持たせてくれる。「ありがとうございます」と頭を下げた葵に、橋野は尋ねた。

「たぬきケーキ、作れそうですか？」

「いえ、まだまだです……」

橋野の母の助けがなければ、どうなっていたかわからない。

うなだれた葵を励ますように、橋野は明るく言った。

「頑張ってください。山名さんのケーキが完成したら、私のブログにも書きたいんです。新しいたぬきケーキの店なんて、みなさんきっと喜んでくれますから」

「そうですね……たぬきケーキ好きな人たちに、喜んでもらえるといいんですが」

「ブログの読者さんだけじゃないですよ」

静かな声に、葵は顔を上げる。

穏やかな目で、橋野は葵を見ていた。泣きぼくろがあるんだな、と葵は気づく。

「山名さんが、心をこめて作ったものなら大丈夫です。お客さんは、きっと喜んでくれます」

橋野はふわりと微笑んだ。やわらかな声が、葵の心をほぐしていく。

焦ったり、必要以上に悩んだりする必要はない。食べてくれる人のことを忘れず、今できることをすればいいだけだ。そのことを、橋野のおかげで思い出せた。

「ありがとうございます。また、休みの日に手伝いに来ます」

葵は笑った。橋野も、どこか嬉しそうに笑う。

「はい、ではまた」

橋野は、店の外まで見送りに来てくれた。

手を振る彼女に葵も手を振り返す。眠そうにし始めたテンコの手をひき、帰路についた。

県道を歩き、小さな駅舎が見え始めた頃、いよいよテンコの頭は前後に揺れ始めた。

「ほら」

しゃがんで背中を示すと、おとなしく体を預けてくる。片手で支えられるほど軽い体に、かすかに胸が痛んだ。

どうか橋野たちが、冬至までにたぬきケーキの再現をできますように。

今日はいっそう強く、そう願わずにはいられなかった。


その週、葵は休憩時間や閉店後にたぬきケーキ作りの練習に明け暮れた。

いつも休憩時間には仮眠する坂下も、葵の作業を見守ってくれた。

「そこはさ、糸を垂らすみたいにターッと」

「温度計は、もっと中心まで差しこんで」

と、坂下は細かくアドバイスをしてくれる。とにかく、体が自然に動くようになるまで作業を繰り返す、というのが坂下の教え方だ。葵は、息をつく間もなく延々とたぬきケーキを生産し続けた。

そうして一日に五回はたぬきケーキを作った甲斐もあって、週末にはもたもたすることなく作業をこなせるようになった。

卵白を八分立てにしたタイミングで砂糖水を沸騰させるのも、溶ける前のバタークリームをすばやく絞り出すのも、以前より手際よくできる。たぬきの顔を作るのはまだ苦手だけれど、練習あるのみだ。

そう思いながら、できあがったたぬきケーキたちを眺めていた時だった。

「お上手ですね」

突然降ってきた静かな声に、葵は飛び上がる。

「あ、すみません」

いつのまにか背後にいた多和田（たわだ）が、肩をすくめて謝った。

表情に乏（とぼ）しい彼女にしては珍しく、驚いた顔をしている。

「俺こそすみません。びっくりして……」

「いえ、私も早く声をかければよかったんですけど。葵さん、集中してたのでなかなか声かけづらくて」

多和田は両手にポリ手袋をはめる。

もしや、と葵が時計を見ると、休憩時間の半分をすぎていた。遅番が仕込みを始める時間だ。

いつも「そろそろ終わり」と声をかけてくれていた坂下は、商店街の集まりに出かけていて不在だった。そのせいで、すっかり時間を忘れてしまっていた。

「すみません、すぐ片づけます」

急いでケーキを冷蔵庫にしまい、ばたばたと後片づけを始めた葵を、多和田は黙って手伝ってくれる。バットやボウルを食洗機に入れ、スパチュラや木べらは手分けして手洗いした。

並んでシンクに向き合っている間は、二人とも無言だった。坂下も常連客もおしゃべりだから、葵にとって静かな時間というのは新鮮だ。

そもそも、多和田と二人きりになったのも初めてだ、と葵が気づいた時だった。

「新メニューですよね、あれって」

ふいに、多和田が言った。急な質問に戸惑いつつ、葵は「ええ」と答える。

相変わらず無表情のまま、多和田は続けた。

「兄が無茶を言って、すみません」

思いがけない言葉に、葵の手は完全に止まった。

失礼と知りつつ多和田の横顔を見つめ、おそるおそる尋ねる。

「……店長の妹さんなんですか」

「……聞いてませんでしたか？」

手を止めて、多和田は葵を見る。

やはり無表情だけれど、驚いている気配があった。

「初耳です」

「なるほど……」

多和田はうめくように言って、洗い物に向き直った。

「てっきり、知っているのかと」

確かに坂下は、葵が頼まなくてもたくさんのこと（みおこさんの夫はみおこさんに頭が上がらないらしいとか）を教えてくるが、多和田については何も説明しなかった。「美奈ちゃん」と親しげに呼んでいるから、てっきり恋人なのかと思っていたが。

妹ということを知られたくなかったのだろうか。苗字も違うし、そのあたりも理由だったりするのだろうか。

「去年、夫が亡くなって、実家に戻ってきたんです。そうしたら兄が、店を開けるから手伝ってくれと言いまして」

葵の心の声が聞こえたかのように、多和田は説明した。

「夫」

予想外の言葉に、思わず葵は呆然と繰り返す。

多和田さん、俺とそう変わらないように見えるけど結婚してたのか。っていうか旦那さんが亡くなったって、すごく大変だったのでは……などと、さまざまな考えが去来して固まる葵の前で、多和田は淡々と続ける。

「葵さんが来るまでの一年間、私以外のバイトが一人もいなかったわけじゃありません。みんな辞めてしまったんです。それぞれの事情があるので仕方がないですが、三日で辞めてしまった人もいて、正直こたえました。人を雇うことがこんなに大変だなんて、と兄もすっかり参ってしまって」

静かな声だからこそ、言葉の重みがダイレクトに伝わってくる。

店長も参ることがあるのか、と葵は少なからず驚いた。葵の前では、そんなそぶりを見せたことはないのに。

「だから兄は、葵さんが来てくれて嬉しいんだと思います。まじめで、未経験のことでもこつこつ努力して、できることを増やしていく……それを当たり前みたいにこなす、葵くんみたいな人ってなかなかいないよ、って兄はよく言っています。私も、そう思います」

「え」

常に無口で感情の読めない多和田が、そんなふうに言うのは初めてのことだった。

泡立つ洗い物を前に立ち尽くす葵に、多和田は笑った。

初めて見る多和田の笑顔は、思いがけず優しかった。

「いつもありがとうございます。……兄は本当に、葵さんに期待してるみたいですから。頑張ってください」

期待してる。その一言を、以前の葵ならプレッシャーに思ったかもしれない。

けれど、今はその言葉がすとんと胸に落ちてきた。多和田がごく自然に、なんの気負いもなく言ってくれたからだろうか。

「はい……ありがとうございます」

葵の声に、多和田はもう一度だけ笑った。

そこからは、いつもの無表情で洗い物を進めていく。その横で、葵も食洗機の掃除に取りかかった。

多和田さんってよくわからない人だけど、案外俺の仕事も見てくれてたんだな。そう思うと嬉しくて、にやけそうになる頬（ほお）の筋肉を頑張って引き締めた。

フロアの軽い掃除も終え、多和田の仕込みを手伝っている途中で坂下が帰ってきた。

「ほら、葵くんはもう上がって。まかない作るから、テンコちゃん呼んできな」

と、キッチンを追い出された葵は、テンコを迎えに二階へ上がる。

階段の途中で、ひそめた声が降ってきた。

「葵、葵」

仮眠室の襖（ふすま）を開け身を乗り出したテンコが、手招きしていた。ひどく困惑した表情だ。

「どうした」

「こやつ、さっきまで震えていたんじゃ。大丈夫なのか？」

テンコが差し出したのは葵のスマホだった。いつもはキッチンの奥のロッカーにしまっているが、今日は出勤して着替えた際、そのまま仮眠室に置き忘れていたらしい。

「大丈夫、ただの電話だから。誰だろ、わざわざ電話なんて……あ、優香さんだ」

困惑から一転、興味深そうに画面を覗こうとするテンコを追い立て、仮眠室に入る。

「通話」をタップすると、ワンコールが鳴りやまないうちに応答があった。

「山名さん、わかりましたよ！」

ずいぶん興奮した声だった。

スマホを握る手に力をこめて、葵は「はい」とだけ応じる。

何がわかったというのか、それは聞くまでもない。

橋野は、興奮冷めやらぬ調子で続ける。

「どうして気づかなかったのか、と思うほど基本的なことでした」

翌日、葵は休みだった。早起きして、テンコとともに洋菓子リリーへ向かう。

まだ「準備中」の札が下がっているドアを開け、「すみません」と声をかける。開店前のしんとした店内には、すでに焼き菓子の匂いが漂っていた。

「この香りは……」

テンコがつぶやくのと、厨房から橋野が顔を出すのが同時だった。

「ああ、山名さん。どうぞ」

橋野は、葵たちを厨房に案内する。作業台の前に立った橋野の母が、にこやかに「いらっしゃい」と出迎えた。

「昨日はすみません、急にお電話しちゃって。もう私、いてもたってもいられなくて」

橋野ははずんだ声で、順を追って説明し始めた。

「山名さんたちが帰ったあと、たぬきケーキの材料を全部見直すことにしました。それぞれの仕入れ先に、詳しく問い合わせたんです。原産地の変更とか、原料の改定とか、そういう通達がメーカーからなかったか」

まだ開店準備が終わっていないのか、橋野は厨房内をぱたぱた動き回りながら説明する。

「どこもそういった変更はないという答えだったんですが、アプリコットジャムの仕入れ先の問屋さんだけが、少し回答を待ってほしいと言って。それで昨日、連絡をいただきました」

たぬきケーキにはさまれていたアプリコットジャムの味を、葵は思い出す。甘酸っぱく香りもいい、おいしいジャムのように思えたが。

「長野の果樹園で昔から作られてきた、自家製のジャムなんですけど。問屋さんが言うには、ちょうど祖父が倒れた頃、そこも代表の方が変わったらしくて」

「それで、ジャムのレシピが変わったんですか？」

葵の問いに、橋野は大きく頷いた。

「代替わりを機に、先代の方にも了承を得て、レシピを少し改良なさったそうなんです。アプリコットジャムに関しては、大枠は変えていないということでした。でも、一つ使わなくなったものがあるらしくて」

橋野は一本の小瓶(こびん)を持ってきて、作業台に置いた。

鼻を動かすテンコの横で、葵は瓶のラベルを読み上げる。

「アマレット……って、お酒ですよね」

昔飲み会で、何度か目にした覚えがある名前だ。橋野は「ええ」と、瓶の栓を抜く。

アルコールの匂いは、あまりしない。香ばしいような、独特の甘い香りが鼻をついた。

「アマレットは、杏(あんず)の種の核……杏仁(きょうにん)が原料なんですね。ですから、アマレットを隠し味にするアプリコットジャムのレシピは珍しくないそうですが、レシピを改良してからは使っていないとのことでした。お酒が苦手な方も多いのと、酒屋の価格改定でコストが上がってしまったそうで。代わりに、アプリコットを香り高い品種に変えて、アマレットなしでもふんわりと香るようなジャムにした、とのことでした」

　橋野が説明する間も、テンコはしきりにアマレットの香りを嗅いでいた。記憶の中の味や香りと照らし合わせるように。

「……実際に、食べてもらったほうがいいですね」

　橋野は微笑み、アマレットの瓶を棚に戻した。

　そして、冷蔵庫から取り出した皿を、そっと作業台に置く。

「果樹園の方に以前のレシピを聞いて、うちでアマレット入りのアプリコットジャムを作ってみました。……これは、そのジャムを使って母が作ったたぬきケーキです。まだ、試作段階ではあるのですが」

　橋野は、緊張した面持ちで宣言する。

「私と母で、一度食べてみました。これなら、もう一度店に出せるかと」

　皿に乗ったたぬきケーキの見た目は、つやつやしたチョコレートの色といい、絶妙な表情といい、以前食べたものと特段変わりはない。

　けれど、テンコは見た目以外の違いを感じとったのか、神妙な顔でしばらくケーキを眺めていた。

　橋野にフォークを渡されたテンコは、迷うことなくたぬきの顔に突き入れ、両断する。

ぱっくり割れたケーキの中から、アプリコットジャムがにじみ出た。

切り分けた一口ぶんを口に運び、ゆっくりと咀嚼したテンコは葵を振り返る。

湧き上がる喜びを抑えているような、それでいて今にも泣いてしまいそうな、そんな表情だった。

「……間違いない？」

聞くまでもないと思ったけれど、尋ねた。

頷いたテンコに、固唾を呑んで見守っていた橋野がこぶしを固めたのが見えた。

──ついに、たどり着いた。

テンコのうるんだ目を見ているうちに、葵の中にもその実感が湧いてきて、つられて泣いてしまいそうになった。

7章

わしは決して忘れぬ

かつてのたぬきケーキの味は、ついに再現された。

とはいえ、偶然うまくいった可能性もある。その日以降も、橋野たちは慎重に試作を重ねた。葵も、休みのたびに洋菓子リリーへ手伝いに行った。

「うーん、今日はアマレットの香りが濃いような……」

「空気が乾燥してるから、アプリコット自体の水分が飛んでいたのかもしれません。水あめを足してみようかしら」

「葵、ケーキはまだかのう」

「はいはい、これ食って待ってな」

味のわずかなブレを調整する作業は大変だったが、全員で協力して、一つの目標に向かっていくのは純粋に楽しかった。

十二月が近づくにつれ、洋菓子リリーはひっきりなしに電話がかかってくるようになった。クリスマスケーキの予約のためだ。

店頭に直接予約に訪れる人も多く、葵が、予約対応を手伝うこともあった。

「あんた、新人さん？　それとも、優香ちゃんの彼氏？」

「えーちょっと、どこで知り合ったの？」

興味津々な常連客の問いを、「違います」といちいち否定するのは骨が折れるし、なんだか気まずい。

しかし橋野のほうは、全然気にしていない様子で「そんなわけないでしょ」と笑い飛ばしていた。……それはそれで、葵としてはちょっと寂しいのだが。

そうこうするうちに迎えた、十二月の初め。試作を重ねて完成した新たぬきケーキに、テンコは改めて「あの味じゃ」と太鼓判を押した。

こうして、復活したたぬきケーキは、次の週からいよいよ洋菓子リリーの店頭に並ぶことになった。

テンコはというと、神通力が回復したらしく、「意識を飛ばさずとも、御山の様子がよくわかるぞ」と嬉しそうにしている。

――あとは、冬至の日を待つだけだ。

冬至の日は快晴だったが、朝から冷たい風が吹いていた。

近くの神社で冬至の祭りをやっているためか、キッチンハルニレには、朝から観光客がひっきりなしに訪れた。そわそわしつつ、葵はランチのピークタイムを乗りきった。

橋野には、狸猩が来たら店に連絡してほしいと伝えてある。

ピークタイム中に連絡が来てしまったら、テンコだけ洋菓子リリーに向かわせようと思っていたのだが、その事態は避けられたようだ。

「電話、来ないねえ」

坂下が葵を小突く。「今日の電話は全部とらせてください」と、坂下には言ってあったのだが。何か勘違いしているらしく、坂下は意味深な微笑みを浮かべている。

こういう時は「彼女とかじゃないですよ」と否定したところで逆効果だろう。葵は坂下の気をそらすべく、新しい話題を提供する。

「そういえば聞きましたよ、多和田さんが店長の妹さんだって」

「あれ、言ってなかったっけ」

坂下はあっさり言って、洗い終わった皿を拭き上げていく。

「美奈ちゃんはさ、他に仕事してるから、葵くんと同じようにダメもとで頼んだんだけど。なんだかんだで楽しそうでよかったよ」

「楽しそう……?」

コップを拭きながら、葵は思わず首をかしげた。

無口、かつ無表情な多和田の感情を読みとるのは、葵にはまだ難しいようだ。

「本命の仕事が軌道に乗るまで、って最初は言ってたんだけどさ。最近けっこう稼げてるらしいのに、こっちの仕事も続けてるってことは、まあやりがい感じてくれたんだろうな」

「へえ、本命の仕事ってなんですか？」

「フリーのウェブデザイナーだって。ま、しばらくは俺たち三人でやっていけると思うけどさ。葵くんの新メニューがうまくいけば、バイト増やさないときついかもね」

「ちょっと、変なプレッシャーかけないでくださいよ」

「はっはっは、自信持ったほうがいいよ、何事も。じゃ、片づけたら始めようか」

皿をすべて片づけてから、休む間もなくたぬきケーキの仕込みにかかる。

洋菓子リリーのたぬきケーキは完成したが、葵はまだ、自分のオリジナルのたぬきケーキを完成できていなかった。ここ最近は、レシピを見ずにケーキを作れるようになるまで、ひたすら練習を重ねていた。

てきぱきと道具を用意して、ケーキ作りに取りかかる。

スポンジ生地は朝のうちに焼成(しょうせい)しておいたので、今から仕込むのはバタークリームとコーティング用のチョコレートのみだ。

先週坂下に指導してもらった甲斐(かい)もあり、スポンジ生地の焼成時間を含めなければ、三十分ほどで完成させられるようになった。味も安定してきたので、そういう意味では多少自信につながっていると思う。

問題は、オリジナリティーだ。

キッチンハルニレのメニューにするからには、橋野の母に教わったレシピと、そっくり同じに作るわけにはいかない。

「まずは、ケーキの中身を変えてみよう」

という坂下の助言に従って、今日はアプリコットジャム以外のものをスポンジ生地にはさんでみることにした。

それから円形のスポンジ生地を三枚重ね、バタークリームを盛ってチョコレートをかける。顔の中央を指でつまんで目の周りの模様を作り、アーモンドスライスの耳をさした。

この一瞬、葵はどうしても緊張する。目の周りの模様がうまく作れないと、どうもたぬきらしさがなくなってしまうからだ。幸い、今日はうまくいった。

白目を描き、さらにその中央に黒目を入れる。たぬきケーキの目は、大きさや位置によってずいぶん顔の印象が変わってくる。

葵のオリジナルたぬきケーキは、白目に対して黒目は大きく、かつ、目の位置は少し寄せぎみにしてみた。そうすると、なんとなくかわいらしい顔立ちになる気がする。

そうして目を作り終えたら、オリジナルたぬきケーキの試作一号が完成した。

いったん冷蔵庫に入れて、冷えるのを待つ間に他のメニューの仕込みをする。

ぽつぽつと訪れる客の対応をしているうちに、休憩時間の三時になった。

「じゃあ店長、食べてみてください……って、言いたいところなんですけど」

表の看板を片づけ、店内に戻った葵は、複雑な気持ちでテーブル席を見る。

そこには、眠そうな顔をしたテンコと、にこにこ顔のみおこさんが座っていた。

「テンコはいいとして、なんでみおこさんもいるんですか」

「意見を聞ける人は多いほうがいいでしょ」

坂下の答えに、葵は何も言えなくなる。正論なうえ、みおこさんは甘いものをたくさん食べてきた人なのだから、的確な意見をくれると思うのだけど。

なぜか妙に恥ずかしくて、ケーキを取り出す葵の手には嫌な汗がにじんだ。授業参観に、両親のみならず祖父母も来た感じ、とでもいうのだろうか。

「楽しみねえ。葵くん、頑張ってたものね」

「そうじゃな。近頃は家でもずっと作っておった。期待大というやつじゃな」

「おい、ハードルを上げんなって」

テンコに突っこんでいる間に、片づけを終えた坂下がカウンター席に着く。葵はいよいよ腹をくくった。

それぞれの席にケーキを乗せた皿を置く。「まあ」とみおこさんが声を上げた。

「懐かしい。たぬきケーキね」

「お、顔作るの上手になったね」

と、坂下も感心したようにつぶやく。

「最初に作ったやつなんて、たぬきっていうか謎の生き物みたいになってたのに」

「もう、いいじゃないですか。とにかく早く食べてください」

なんだこれ、猛烈に恥ずかしい。いいから早く食べてくれ、と願う葵の心が通じたように、三人はフォークを手にとる。

　しばらくの間、皿とフォークが触れあう音だけが店内に響いた。

「……どうでしょう」

　思わず尋ねたのは、全員黙々と食べ進めるばかりで何も言ってくれなかったからだ。

「あ、ごめん」

　坂下は言って、フォークを置いた。葵に向かって、ぐっと親指を立ててみせる。

「よくここまで上達したもんだと思ったら、なんか感動して無言になっちゃったよ」

　坂下は満面の笑みを浮かべた。

「よく頑張った」

　短い言葉だったけれど、こめられた思いは十分に伝わってきて。ありがとうございます、と言うより先に、葵は深々と頭を下げていた。そんなふうに自然と体が動いたのは初めてのことだった。

ここに来た頃は、すべてが中途半端だった。

そんな自分でも、坂下を納得させるレベルのものを作れたことが嬉しくて、気を抜くと泣いてしまいそうだった。そして何より、ここまで導いてくれた坂下に心の底から感謝の念が湧いた。

「ありがとうございます」

頭を上げてようやく言った葵に、坂下は「いいってことよ」と照れたように笑った。

「本当においしいわ、葵くん」

みおこさんも、葵にとびきりの笑顔を向ける。

「バタークリーム、久しぶりに食べたけど……その、こんなにおいしかったかしら？　昔はもっと、いい意味でも悪い意味でも濃厚っていうか、ちょっとくどい甘さもあって……でも、これは本当においしい。ちっとも脂っぽくないし」

「今はバターの質が昔よりも上がったからね。それに、製菓用バターの中でも特にいいやつ使ってるし」

坂下の解説に、みおこさんは「あら、贅沢ね」と微笑み、もう一口食べる。

「外側のチョコレートもいい香り。それと、中に入ってるのは……ココナッツ？」

「そうです。チョコレートにもバターにも合うかなと思って……」

アプリコットジャムの代わりに少量のバタークリームを塗り、ココナッツロングをまぶしてみたのだ。初の試みで不安だったけれど、みおこさんは満足げに言った。

「よく合うわ。うん、おいしい」

よかった、と胸をなで下ろした葵に、坂下も「いいと思うよ」と頷いてみせる。

「食感がいいアクセントで、風味も合うし、いい思いつきだね。……ただなあ」

眉を寄せた坂下の顔に、葵は姿勢を正す。

「……なんていうか、これだけだとパンチが弱いっていうか。どうしても、見た目のインパクトが勝っちゃう味っていうの？」

「はい」

「あ、味はいいんだよ？　ただもっと意外性が欲しい、っていうか。今のままでもうまいはうまいよ？　でもなんていうか、たぬきのケーキだかわいいー、って写真撮られはするけど、いざ食べたら忘れられちゃいそうな味っていうか」

「な、なるほど……」

思いもよらなかった指摘だ。坂下は「それも悪いことじゃないんだけどさ」と苦笑して、食べかけのたぬきケーキに目を落とす。

「もう少し、パンチを効かせられないかな。ココナッツは合うと思うけど、なんか味がぼやけてる気がするっていうか。バターの香りとチョコの風味に押され気味なのかも」

「うーん、スポンジ生地にもココナッツの香りづけをするとかどうでしょう?」

「なるほどね。チョコレートの香りが負けちゃうかもしれないけど、やってみる価値はありそう。……ま、それは明日にしようか」

坂下は、フロアのほうを振り返る。その視線を葵も追って、テンコがテーブルに突っ伏していることに気づいた。

全身から、ざっと血の気がひくのがわかった。

――冬至になると、新たな山主(やまぬし)は眠りにつくという。まさかもう、その時が来てしまったのだろうか。

「テンコ!」

驚いて駆け寄ると、テンコは顔を上げた。口の端から、盛大によだれが垂れている。

「……うん? どこじゃ、ここは。お前、何者じゃ」

「キッチンハルニレだよ。で、俺は葵。大丈夫か、思い出せるか?」

ぼんやりしていた金色の目に、だんだん光が戻ってくる。テンコは一度まばたきをすると、「なんじゃ、葵か」とつぶやいた。

葵はほっと安堵の息を吐く。

「よかった、まだ忘れてないな」

「……ううむ。今、完全に眠りかけておったぞ」

「大丈夫か、おい」

葵は、紙ナプキンでよだれを拭いてやる。テンコは、目をしばたたいて言った。

「あやつ、本当にあの店に来るのか？　わしもそろそろ、御山に戻らねばならぬというのに」

不満そうな口調だが、隠しきれない不安が葵には伝わってきた。大丈夫だ、と言ってやろうとした時。

店の電話が、けたたましい音を立てて鳴った。

葵はすっ飛んでいき、受話器を持ち上げる。

「はい、キッチンハルニレです」

葵が応じるやいなや、「山名さん！」と橋野の声が耳をついた。

「すぐにこちらへ来てください！」

「テンコ！」

葵は思わず叫んだ。

テンコががばっと身を起こし、葵のもとへ駆け寄ってくるのが見えた。

一刻も早く洋菓子リリーへ向かおうと、葵は坂下の許可を得て社用車を借りた。道路が空いている今の時間なら、有料道路を使えば電車より早く着く。

幸い渋滞もなく、「目的地周辺です」とナビがつげるまで三十分もかからなかった。

車を降り、洋菓子リリーの店内に急いで飛びこんだのだが――。

「すみません！」

出迎えた橋野が、ものすごい勢いで頭を下げた。

「さっきまでそこでケーキを食べていらしたんです。けど、もう行かなければいけないからと……粘ったんですけど、止められませんでした」

「行き先を聞いてはおらぬか」

テンコがうわずった声で尋ねる。

「古巣へ帰る、とだけおっしゃっていました」

「うむ。それがわかればよい」

今にも飛び出していきそうなテンコを、葵はあわてて引きとめる。

「なんじゃ葵、すぐに行かねば」

「落ち着けって、肝心なもの忘れてるぞ。……すみません、注文をいいでしょうか」

後半は橋野に向かって、葵は言う。橋野も、心得た様子で頷いた。

注文の品を手早く箱に入れながら、橋野は狸猩が来た時のことを語った。

「今日は、珍しく朝から忙しくて……。ちょうどお客様の入りが落ち着いた頃に、あの人が来てくれたんです。本当に綺麗(きれい)な人で……その場にいたお客様は、みんなぽかーんとしてましたよ」

イートインスペースの小上がり席には、数人の客が座っている。彼らはみな、隅(すみ)に座った橋野の母と親しげに話していた。

「あれ、みんなたぬきケーキのお客さんですか？」

尋ねると、橋野は嬉しそうに笑った。

「そうなんです。うちの店のたぬきケーキが復活する、ってブログにアップしたんですけど。そうしたら、読者の方々がたくさん来てくれたんです。……いえ、そんなことより」

箱を袋に入れ、橋野はずいっと葵に迫る。

至近距離に葵がたじろぐ間もなく、橋野は言った。

「今なら追いつけます。本当についさっき、出ていかれたばかりなんです」

言葉の途中で、テンコが表へと飛び出す。

袋を受けとった葵も、すぐに踵を返した。

「優香さん、ありがとうございました」

最後に、橋野を振り返ってそう言った。それは、心の底からの感謝の言葉だった。

ここまで協力してもらえなかったら、今日という日は迎えられなかっただろう。

「お気をつけて」

と、橋野は笑って手を振った。

急いで表に出ると、店の敷地を飛び出そうとするテンコが目に入った。信じられない速さだ。社用車のことも忘れて、葵はその後ろ姿を追った。

澄んだ冬空の下を、飛ぶようにテンコは走る。葵が追ってきていることにも気づいていないのかもしれない。

まっすぐ延々と続く県道を、どれほど走っただろうか。葵の呼吸に、ぜえぜえと嫌な音が混ざり始めた時だった。

「テンコ……！」

思わず、悲鳴を上げた。

赤信号の横断歩道に、テンコが突っ込んでいこうとしている。

止まれ、と叫ぼうとした時だった。ふいに、その後ろ姿がぴたりと静止した。

視界の端に映った何かに気をとられた、そういう止まり方だった。

いったい何が、と駆け寄った葵は目を見開く。

テンコの視線の先――信号の手前の細い路地の、カーブミラーにもたれた着物姿の女性が、じっと葵たちを見つめていた。

立ち止まり、葵はまじまじと彼女の顔を見返す。

外見だけは、葵と同い年くらいに見える。大きな二つの目は、テンコのような金色ではなく、真夜中の空みたいな黒だ。けれどそれ以外は――端正な顔立ちも、毛先だけが銀色をした金の髪も、テンコにそっくりだった。

人に変化する術は狸猩に教わったから、同じような姿にしか化けられない。いつだったかテンコが言っていたことを、葵はふと思い出す。

「狸猩」

テンコがその名を呼んだ。

どんな感情もない、ただ思わずこぼれてしまっただけの声に聞こえた。

彼女――狸猩は目を細めて笑った。そうやって笑った顔も、テンコに似ていた。

「久しぶりだね、山主様」

しばらくの間、誰も口を開かなかった。

通りすぎる車の音と、活発な鳥の鳴き声だけが、沈黙をかき消すように響いている。

最初に沈黙を破ったのは狸猩だった。

「そういえば、お前様は？　見ない顔だね」

「えっと……」

じっと見つめられ、葵は口ごもる。

どう答えたらいいのだろう。狸猩の様子をうかがったものの、彼女は純粋に興味津々な様子で答えを待っていた。そういうところも、どこかテンコに似ている。

「拾っただけです、テンコを」

迷った末に、そう答えた。狸猩は「拾った？」とおかしそうに笑った。

「山主様が人間に世話になるとはね。いいじゃないか」

狸猩は言って、自分を見つめたまま身じろぎもしないテンコに歩み寄る。ニット帽をそっととって、親しみのこもった手つきで頭を撫でた。

「出会った頃のお前さんは、わがままばかりだったな。山主なんて嫌だ、人間と関わるのも嫌だって」

狸猩はくすりと笑って、テンコの耳の裏を撫でる。

「だけど、お前さんは変わったんだな」

「お前を」

ふいに、テンコが口を開いた。狸猩を見上げる金色のひとみが揺れる。

「お前を探していたからじゃ。……お前を探すために、多くの人間の力を借りて、わしはここまで来た……」

頭を撫でていた手が止まる。狸猩を見上げたテンコは、小さく言った。

「行くな、とは思わぬ。それが定めであるからの。……それでも、最後にお前に会いたかった。お前が案ずることなど何もないと、最後に伝えて。あのたぬきケーキを、ともに食べたかったんじゃ……」

狸猩は目を見開く。

眉を下げ、唇をきゅっと引き結んでから、テンコを無言で見下ろした。

嬉しいような、泣きたいような、手放しに喜んでしまいたいような……そういう、湧き上がる全部の感情をこらえている顔に見えた。

「……私のことは、忘れるに任せてしまえばよかったんだ」

つぶやいて、狸猩は目を伏せる。

「御山と、その加護のもとで生きるすべての命のために、お前さんは在る。あとは死にゆくだけの私に、時間を割いている場合じゃないよ」

「そんなこと、百も承知じゃ！」

テンコは叫び、狸猩の着物にしがみついた。

葵は目を見張る。聞いたこともないほど、感情的な声だった。

狸猩も、驚いた顔でテンコを見下ろしている。

「わしは、次に目覚めた時にはお前を忘れておる。……それでも、わしは最後にお前に会いたかった。今のわしが、そうせねばと思うからじゃ！　それを、意味がないことだなどとは言わせぬ！」

はあ、はあ、と肩で息をするテンコを、狸猩はぽかんと口を開けて見下ろしている。

テンコはきゅうと眉を寄せて、狸猩の腹に額を預けるようにする。

「なぜ黙って消えたのじゃ」

つぶやく声が、葵の耳にも届いた。

「わしはまだ、お前に何も伝えておらぬ。不出来な弟子で、すまなかったとも……もう、お前が案ずることなど……何も、ない、とも……」

テンコの体が、ぐらりと傾いた。狸猩がその肩をやんわりとつかむ。

葵は、あわてて二人に駆け寄った。

「テンコ！」

「……寝たな。まだ、冬眠が始まったわけではなさそうだが」

狸猩はテンコの体をひょいと持ち上げた。

安らかなその寝顔に、葵はなんだか泣きそうになる。

「私にそれを伝えるためだけに、ここまで無茶をしたのか。まったく……」

狸猩はつぶやき、小さな体を背負って葵に向き直った。

「なあ、お前様。名前を聞いてもいいかい」

「……山名葵です」

「いい名前だ。葵の花は好きだよ、私は」

確かテンコも同じことを言っていた。葵は、懐かしい気持ちになる。

ずり落ちそうになるテンコを背負い直し、狸猩は小さく笑った。

「葵殿。私たちと、飛田(とびた)の御山まで行かないか。……道中で話を聞かせておくれ。山主が、あなたとどんな日々を過ごしたのか」

ナビを「目的地：飛田山」に設定し、葵は社用車を発進する。

来た時と同じルートだったが、日没が迫る時刻の大通りは、それなりに混んでいた。テールランプの連なりをぼんやり眺めながら、助手席の狸猩と、とりとめもない会話をする。

「山主の世話は大変だったろう」

「いえ、そこまでは。……最初は驚きましたけど。いきなり山の主だとか言われても、意味がわからなかったし」

「あはは、本当にそうだろうなあ」

狸猩の笑い声は快活で、春の風のように心地よく響く。

「昔はね、御山と人間はもっと親密だった。私の先代も、その先代も、御山のために時には人間を頼っていた。人間も、よく私たちに酒やご馳走を持ってきてくれてね。一緒に酒を飲んだ日もあった。そんな時代があったこと自体、葵殿には想像もつかないかな」

小さく笑った横顔が、どこか寂しげに見えた。

「葵殿はよく信じたものだ。……運がよかったのだな、山主は」

狸猩は、後部座席を振り返る。葵も、バックミラーに映るテンコの様子をうかがった。

後部座席で横になったテンコは、体を丸めて穏やかな顔で眠っていた。獣の耳だけが、気配を探るように時折動く。

「……まあ、そんなこともあるんだな、くらいにしか思わなかったんですけど。得体が知れない子だなって、ちょっと引いてもいました、正直」

狸猩は何も言わず、続きをうながすように葵を見た。

「それでもテンコを助けたのは、とても必死だったからです。何と引き換えにしても、最後にあなたに会いたくて……あのたぬきケーキを、食べてほしかったんだと思います」

葵が言葉を切ると、車内に静寂が満ちた。

かすかなエンジンの音と、ナビの【この先、渋滞が発生しています】という案内だけがしばらく聞こえていた。

「そうか」

やがて狸猩は窓に頭を寄せ、つぶやいた。

「あとは死ぬだけの私に、どうしてそこまでするんだ。馬鹿者(ばかもの)……」

震えるその声に、葵は気づかないふりをした。

ほどなくして渋滞はなくなり、広い国道をスムーズに車は進んだ。交差点の赤信号で停止したタイミングで、狸猩は「それにしても」と口を開く。

「よく私を見つけたものだ。あの店の場所は、山主は知らなかったはずだが」

「だから、ひたすらたぬきケーキを食べ回ったんですよ、俺たち」

「へえ?」

テンコと出会ってからの顚末(てんまつ)を、葵は話してみせる。

話しながら、まだテンコを拾ってから三カ月ほどしかたっていない、と内心驚いた。もっと一緒にいたように感じてしまうのは、平日休日問わず毎日振り回されていたからだろうか。

本当に、四六時中テンコと一緒にいたから。今日このあと、テンコとは別れることになるのだという実感も、未だ薄いままだった。

最後まで話す頃には、国道を抜けて細い県道に入っていた。狸猩はからからと笑う。

「まさか山主と葵殿が、たぬきケーキを復活させたとはね。あれを再び食べられるなんて、思ってもみなかったよ」

後部座席を振り返り、狸猩は眠るテンコに語りかける。

「私一人のために、そこまでできたんだ。御山を守る役目も、人間とうまくつき合うことも……きっと、お前さんなら果たせるな」

寂しそうに笑う気配がしたけれど、それは一瞬のことだった。

狸猩は前に向き直り、明るい声を上げる。

「しかし、さっき久しぶりに食べたけど、あのケーキはやはり絶品だった。作る人間も違うのだから、昔と同じものではないだろうと覚悟していたのに。ほとんど同じ、懐かしいあの頃のままの味だから、まあ驚いたよ」

「……あの、なんでたぬきケーキが好きなんですか？」

葵は尋ねた。実のところ、それがずっと気になっていたのだ。

「私の姿をしているから。そのうえうまい。これ以上に素晴らしい食い物はあるまい」

と、狸猩はいたずらっぽく笑う。

そういえば、この人って本当は狸なんだっけ、と葵は思い出した。

「しかも、だ。単に狸に似ているだけじゃなく、愛らしいときた。あれこれ工夫して技巧を凝らして、誰からも愛される良いものを目指す……そういう人間の営みが透けて見えるんだ、あのケーキは」

「……それ、わかります」

葵は頷いた。これまで食べてきたすべてのたぬきケーキと、それを売っていた人たちの笑顔が、鮮やかに脳裏によみがえる。

決して華やかで特別なケーキではないけれど、おいしくてかわいらしくて、幸せな気持ちにしてくれるから、たくさんの人に愛された。

それを誰よりも知っているから、今もあの人たちはたぬきケーキを作り続けている。たぬきケーキがこれからも、誰かの大切な思い出に寄り添うことを信じて。

「私はな、人間のそういうところが好きなんだ。誰かのためにより良いものを目指して、常に技術を磨き続けるところが」

「それをテンコに伝えたくて、たぬきケーキを教えたんですか？」

尋ねると、狸猩がおかしそうに笑う気配がした。

「本当に人間嫌いだったから、山主は。人間から学ぶことも多いんだと気づいてほしくて、あれこれ手を尽くしたのさ。はたして伝わっているのか、私にはわからなかったけどね」

「十分、伝わってたんだと思います」

テンコの数々の言葉を思い出し、葵は心からそう言った。

少しの沈黙のあと、狸猩は穏やかに「そうかい」とつぶやく。

「……もっとそばで、山主を見ていたかった気もするが。定めだから、仕方ないな」

心の内側をなぞるような静かな声で、狸猩は言う。

定め、という言葉からはどんな負の感情も見出(みいだ)せなかったから、葵も強(し)いて何も思わないようにした。

いつのまにか、車外に広がる風景がなじみ深いものに変わっていた。

まもなく、山王町(さんのうちょう)に入るだろう。

「今度、俺もたぬきケーキを店で出すんです」

なぜそんなことを言う気になったのか、葵は自分でもわからなかった。

「洋菓子リリーで教わったんですけど、同じものにするつもりはなくて。レシピが完成したら、うちのオリジナルメニューとして売る予定です。たぶん、県内では何十年ぶりに誕生するオリジナルのたぬきケーキなんじゃないかって、優香さん……洋菓子リリーの、二代目の娘さんが言ってました」

葵はただ、あなたが愛したものは、あなたがいなくなったあとも残り続けるんだ、と伝えたかったのかもしれない。

たぬきケーキだけではない。狸猩が親しい人間たちと酌み交わしたという酒や、たくさんの料理も。

人はいなくなってしまっても、思い出はきっと、楽しい晩酌や食事の記憶とともに受け継がれる。洋菓子リリーの先代店主が、狸猩の思い出を橋野に伝えていたように。

「そうか」

短く言って、狸猩はふわりと笑った。

舞う花びらの残影のような、儚くて美しい笑顔だった。

「その時、私はもういないのは残念だが。……山主なら、きっと葵殿のケーキを見に行ってくれることだろう」

飛田山ふもとの駐車場に着く頃には、もう夕刻をすぎていた。

狸猩は車外に出て、後部座席のドアを開けながら葵を振り返る。

「葵殿、ありがとうな。……ここまででも十分だ、私は」

葵は首を振り、洋菓子リリーの袋を持ってドアを開けた。ここまで来たからには、最後まで見届けたい。

狸猩も、「来るな」とは言わなかった。黙ったまま、まだ眠っているテンコの体を抱えて背負う。

しかし、一歩踏み出そうとした途端に狸猩はふらつき、ドアにもたれてしまった。

「俺がやります」

葵がテンコの体を抱えると、狸猩は「すまない」と体を起こす。

「大丈夫ですか」

「うーん、体が重くなってきた。さすがに、そろそろ限界だな」

何も言えなくなった葵に、狸猩は苦笑する。

「その荷物くらいは、代わりに持つよ。山主をおぶったままじゃ危ないだろう」

手を差し出され、葵は持っていた洋菓子リリーの袋を預けた。中には、大事なものが入っている。

それを見ても、狸猩は何も言わなかった。ただ微笑んで、ゆっくり歩き出す。その歩みに合わせて、葵も山中に足を踏み入れた。

登山口から、ゆるやかな上り坂を歩くこと数分。整備されたハイキングコースが現れた。しかし狸猩はそちらには進まず、あたりを取り囲む木々の中へ分け入っていく。テンコを背負ったまま、葵もあとに続いた。曲がりくねった獣道が、斜面を這うようにしてのびている。足元に溜まった落ち葉が、かさかさと物悲しい音を立てた。

静かで、少し寂しい景色だ。葉を落とした木々を見上げ、葵は思った。

けれど狸猩は、感慨深そうにつぶやく。

「御山はやはりいいなあ。しばらく留守にしていたから、よりいっそうそう思うな」

「そういえば、山を下りてどこにいたんですか」

「知り合いのところを渡り歩いたり、まあそのへんで寝たり、いろいろさ」

狸猩は、満足げなため息を吐いた。

「御山も、人里も、これですべて見納めだなあ」

葵は何も言わず、眠るテンコを背負い直した。少し重くなったように感じるのは、山に戻ったからだろうか。

獣道はしだいに、背の高い枯草に覆われ始める。前を行く狸猩の姿も、頭頂部以外は見えなくなってしまった。

葵が慎重に歩みを進めていると、ふいに足元が平らになり、視界がひらけた。山頂に着いたのだろうか。

「あ……」

葵は思わず声を上げた。

目の前に広がる光景に、見覚えがあったからだ。

枯草に覆われた地面と、枯れた草原を貫くように立つ、背の高い木——夢の中で、狸猩とテンコが言葉を交わしていたあの場所だった。

「ああ、綺麗だな」

狸猩は笑った。眼下に広がる山王町は、夕日に照らされてきらきら輝いている。

葵は、しばらく言葉を忘れてその風景を見た。

決して珍しくなどない、ありふれた町並みなのかもしれないけれど。

「本当に、綺麗ですね」

つぶやくように、そう答えた時だった。

はっ、と息を呑む音が背中で聞こえた。次の瞬間には、小さな体は、すとんと地面に飛び降りていた。

「テンコ、起きたのか」

「狸猩」

テンコは突進するように駆け、狸猩の腰に抱きついた。狸猩が、おかしそうに笑う。

「なんだなんだ、次の山主ともあろう者が泣くなよ」

「な、泣いてないわ！　別れの前に、やることがあるのじゃ」

「……ああ。ひょっとして、これかい」

葵から預かっていた洋菓子リリーの袋を、狸猩は揺らす。

顔を上げたテンコは、笑って頷いた。

寂しそうだけれど、得意げで、すがすがしい笑顔だった。

「そうじゃ。わしが復活させたのじゃぞ。感謝するがいい」


背の高い木のそばには、古びた倒木が横たわっている。そこに並んで座り、たぬきケーキを食べる二人を、葵は少し離れたところで見ていた。

二人は、黙々とケーキを口に運んでいた。

時折、何か言葉を交わしているようだったが、葵には聞こえない。

ただ、夕日に照らされた二人の姿は、とても満ち足りたものに見えたから。

それが見られただけで十分だと、葵は思った。

地平線の向こうに、日が沈む間際。

狸猩が立ち上がり、「葵殿」と呼んだ。

「世話になったな。本当に、心から感謝するよ」

答えようとした葵は、言葉を失った。微笑む狸猩の体の向こうに、夜の町並みが見えている。

体が透けている——その意味は、葵にだってわかる。

「狸猩」

テンコが、悲痛な声を上げた。狸猩に駆け寄ろうとして、踏みとどまる。

それ以上は、近づけないのかもしれない。じわりと痛む胸の内で、葵は思う。きっと、死んでしまう者には、山主は干渉（かんしょう）できないのだ。

「なんて顔するんだ。私はこれから、御山に加護を施す。それだけのことだ」

狸猩は、半分透けた顔で笑う。

「大丈夫さ。今日の悲しみなんて、すぐに忘れてしまうんだ。泣かないでおくれ」

「狸猩、狸猩……！」

テンコが、苦しげに顔をゆがませる。大きな目がみるみるうちに潤んで、ぽつ、と地面に涙が落ちた。

「なぜ忘れなければならぬ」

静かに微笑んでいた狸猩が、ほんの一瞬泣きそうな顔をした。

けれど、すぐに元の微笑みを浮かべてみせる。

「それが山主の定めだからだ。お前さんは、何があっても御山を守らなくてはならない。私のことなんて、覚えている必要はないのさ」

「それでも！」

テンコは叫ぶ。白い頬(ほお)の上を、涙がいくつもこぼれ落ちた。

「わしは忘れぬ。お前がわしにしたことすべて。わしに投げかけた言葉すべて。……それを不要だなどと、断じて誰にも言わせぬ……」

その声は、涙に濡(ぬ)れていたけれど、強い決意に満ちていた。

狸猩は二、三度まばたきをして、

「そうか」

と、晴れやかに笑う。

顔はほとんど消えかけているのに、不思議とそれがわかった。

「お前さんが、それをつかんだのなら。……本当に、もう大丈夫だな」

最後のほうは、空気に溶けるように頼りない声だった。

「狸猩！」

もう一度テンコが呼ぶと、消えかけた顔が、またふわりと微笑んだ。

風が吹き、砂埃が舞い上がる。かさ、かさ……と、乾いた枝葉が鳴った。

風がやみ、砂埃が消えて静寂が戻った頃。葵とテンコの前には、何も残っていなかった。


「別れの言葉は、とうとう言わなんだ。最後まで無礼な奴じゃ、まったく」

どれほどの時間がたっただろう。テンコがようやく口を開いた。

涙の余韻が感じられたけれど、吹っ切れたように軽い声だ。

「確かに。さようなら、とは言ってなかったな」

葵は、狸猩の人となりをよく知らないけれど、なんだかあの人らしい最期だ、と思った。

「もう、会えないんだな」

「そうじゃな」

テンコは言う。ただの事実を述べているような、淡々とした声だった。

「そうか」

迷った末に、葵はテンコの頭に手を置いた。ぴく、と耳が震えたが、そのまま撫でても拒絶はされなかった。

ひゅう、と強い風が吹く。その冷たさに、葵は身震いする。

もう、あたりはすっかり暗くなってしまった。

「……わしも、呼ばれておる。眠りの時じゃ」

冷たい風の中で、テンコが言った。

なんとなく予想していたことだったから、葵も驚かなかった。

ただ、頭を撫でる手に少しだけ力がこもる。

「……なあ、葵」

「うん?」

撫でる手をやんわりとどけて、テンコは葵を見上げた。

金色の目は、夜の中でも輝いている。出会った時から変わらない、美しい金色だ。

「次に目覚めた頃、わしはすべてを忘れておる。あやつにはああ言ったが、定めには抗えまい。……で、あるから」

テンコは、葵の手をとる。

「これが最後の頼みじゃ。どうか、わしの代わりに覚えていてくれ。わしの中のあやつを。

わしが、あやつと再会するためだけに、これほどまでに奔走したことを。そして、決して
あやつを忘れぬと願ったことを」

きらめく金色に見据えられ、葵は狸猩の言葉を思い出す。

――それをつかんだのなら。……本当に、もう大丈夫だな。

そうだ、と葵も思う。テンコが狸猩のことを忘れても、誰かを思う心はなくさない。

「うん、わかった」

答える声は、少し震えてしまった。

テンコは安堵したように笑って、

「約束じゃ」

と、葵の手を握った。葵はこっそり鼻をすすり、提案する。

「じゃあ、俺も一つ頼みがある」

「なんじゃ。山主に願いごととは、お前も図太いの」

「はは、そうかも。……俺のことも、忘れないでくれ」

金色の目が、驚いたように見開かれる。

ややあって、「ふははっ」とテンコは声を上げて笑った。

叶わぬ願いだと、わかっているはずなのに。あまりに明るい笑い声だったから、葵もつ

られて笑った。

「そうじゃな。お前のようなお人よし、忘れようにも忘れられぬわ」

言うやいなや、テンコはとんと地面を蹴って宙を舞う。

驚く葵の前で、幼い少女の姿は、くるりと布を裏返すようにして消えた。

代わりに地面に降り立ったのは、金の毛並みに長い尾を持つ獣。かつて葵が助けた獣の姿が、そこにあった。

「お前には、世話になったからの。最後に、いいものをやろう」

獣の姿になったテンコは言った。

「いいもの？」

「うむ、まあ見ておれ」

テンコは夜空に向かって喉を反らし、コーン……と鳴いた。

しなやかで美しく、どこまでも響くような声だった。

葵の周囲の地面が、突如としてぽこぽこと盛り上がる。やがて、土を割るようにして、大きな一つの芽が生えてきた。するすると茎がのび、葉が茂り、つぼみが膨らみ花開く。

そうして咲いた、人の頭ほどの大きさの花に、テンコはふっと息を吹きかけた。

花は、ふわりと炎に包まれるが、燃え上がることはない。水晶のように光り輝き、あたりを照らした。

葵は近づき、そっとそれに手を添える。揺れる花びらは、ほんのりとあたたかい。

「これを持って下山するがよい。この火があれば、飢(う)えた獣も近寄らぬ」

テンコは言い、長い尾を一度振る。

「ありがとう。……初めて会った時の、あの火に似てるな」

テンコを拾った日のことを、葵は思い出す。

「あれよりも、もっと明るいじゃろう。あの時は、神通力(じんつうりき)がほとんど残っておらんかったからのう。力を取り戻した今、これくらいは朝飯前じゃ」

テンコは得意げに笑った。

獣の姿でも表情がわかるのがおかしくて、葵も笑った。

「本来なら、夜の御山を見回るために使うものじゃぞ。今回だけ特別に貸してやろう。……次からは、明かりを持参するのじゃ」

「わかった、そうする」

次、という言葉が叶うのかはわからない。

けれど、葵とテンコは顔を見合わせ頷き合った。いつかまた、会えると信じて。

「さらばじゃ、葵」

テンコの尾が、一度揺れる。

つむじ風が起こって、葵はとっさに目をつぶった。

次に目を開けると、テンコはどこにもいなかった。

葵はしばらく、その場に立ち尽くしていた。

あたりには、深い夜の闇(やみ)が広がっている。さっきまで葵以外の誰かがいたことが嘘(うそ)のように静かだ。

それでも、葵のそばでは青白い花が輝いている。

「……またいつか」

つぶやいて、葵は花を手折(たお)る。手燭(てしょく)のようにそれを掲げ、夜の山を下りた。

美しい花は、夜の中で、いつまでも葵を照らしていた。

エピローグ

——厳しい冬も、ようやく終わりが見えてきた三月のある日。

やわらかな日差しに誘われた人々で、キッチンハルニレはにぎわっていた。常連、観光客、卒業式を終えた学生たちが、ランチタイムのピークをすぎてもひっきりなしに訪れる。

ようやく客足が落ち着いた、午後二時。

葵はキッチンにこもり、新商品の仕上げに取りかかっていた。

「葵くん、たぬきまだー？」

「あと一分待ってくださーい」

坂下の声に、葵は心ここにあらずで返す。ちょうど、最も集中力が必要な工程に入ったからだ。

深呼吸をしてから、ケーキの土台——まだ顔のついていない、たぬきケーキたちに向き直る。たぬきケーキ作りにおいて、焦りは禁物だ。

もう一度深呼吸をして、肩の力を抜く。

そして、えいやっ、と一気に指でつまんで目の模様を作った。息をつく間もなく耳をさし、小さめの絞り袋を持ち上げ、ちょん、ちょん、と白目を絞り出す。

「お、かわいいじゃん」

さらに黒目を描き終えて一息つくと、坂下が声をかけてくる。

「だんだんコツをつかんできました」

慎重に狙いを定めるより、思いきってやったほうがうまくいく気がする。

「なんか、すっかり職人の顔だね」

坂下は笑って、完成したばかりのたぬきケーキを冷蔵庫にしまった。入れ替わりに、朝に仕込んだたぬきケーキを取り出し、皿に乗せてカウンター台に置く。

「美奈ちゃん、二番テーブルお願い」

フロアで調味料の補充をしていた多和田が、駆け寄ってきて皿をテーブル席へ運ぶ。確か、注文したのは一人の男性客だったはずだ。

ちらっと様子をうかがうと、その男性客がいそいそ写真を撮っているのが目に入った。葵の頬も自然とゆるんでしまう。

バレンタインに合わせてたぬきケーキを完成させ、販売するようになってから一カ月。注文するのは主に、もともとたぬきケーキのファンらしい人たちだ。

「たぬきケーキの新店なんて、嬉しいです」

「『たぬきさんのいるところ』っていうブログで見ました」

と、話しかけてくれる人も多かった。橋野の影響力は、やはり侮れない。

一方で、若い人がメニュー表の写真を見て「かわいい」と頼んでくれることもある。

今はフロア担当になった多和田によると、若いお客さんでも「なんか懐かしい味〜」などと言い交わしているらしい。食べたことがなくてもそう思わせてくれる、あの独特な味を、無事に継承できたことは嬉しかった。

そんなふうに、たぬきケーキの売り上げは好調だ。

そのおかげで、葵は無事に正社員として登用された。最近は「たぬきケーキを季節ごとにアレンジしてみようか」「いっそケーキのメニューを増やそうか」などと坂下と話し合っている。

「すみません、お会計……」

フロアから声が聞こえた。注文をとっている多和田の代わりに、葵はレジに立つ。会計を待っていたのは、たぬきケーキを注文した男性客だった。

「ドリンクセットで九百円です」

「あなたがたぬきケーキを作ったんですか」

唐突に、男性客が尋ねた。トレイに出された硬貨を回収するのも忘れて、葵は「えっと、はい」と答える。

「『たぬきさんのいるところ』で、若い方の意欲作と書いてありましたが……それにしても、予想よりはるかにお若くて、驚きました。なぜ作ろうと思ったんですか？」

葵の父親と同年代くらいの男性は、興味深そうに葵を見る。最近はフロアにあまり出ていないから、常連客以外に何かを尋ねられたのは久しぶりだ。

緊張しつつ、葵は少しの間黙って言葉を探す。

「……友人が大好きなケーキなんです」

迷った末に、それだけ言った。

「そうなんですか」

男性は微笑み、葵が手渡したレシートを丁寧に財布にしまうと、

「ごちそうさまでした」

と、会釈して去っていった。心なしか足取りが軽い、その後ろ姿を葵は見つめる。

あの人にとっても、たぬきケーキは大切な思い出なのかもしれない。

きっと、うちのたぬきとは違う味だったはずだ。

それでも、懐かしくていとおしい過去を思い出す契機になってくれたならいい。

「あら、人気者ねえ葵くん」

聞き慣れた声に呼ばれ、葵はフロアを振り返る。カウンター席に着いたみおこさんが、菩薩のような表情で紅茶を飲んでいた。

「俺じゃなくて、みんなたぬきケーキに興味があるんです」

「ふふ。まあなんにせよ、話しかけてもらえるのは嬉しいわよね」

微笑むみおこさんの前にも、両断されたたぬきケーキが鎮座している。カップを置いたみおこさんはもう一口食べると、「うん、おいしい」と目を細めた。

「ココナッツがいいアクセントなのよ。それからレモン。これは本当にいいアイデアだわ。チョコもバタークリームも重たくならない」

「みおこさんに気に入ってもらえてよかったです」

「聞いたわよ。デートの最中に思いついたんですって？　本当に、ワーカホリックっていうか、そういう時くらい仕事のことは忘れてもいいのにねえ……」

「は!?　ちょっ、それどこで……」

葵は動揺のあまり、レジの小銭をばらまきそうになる。キッチンに立っていた坂下が、「あ、やべ」とつぶやくのが聞こえた。

「ちょっと店長！」

「ごめんごめん、みおこさんに追及されたからつい、ね」

ぺろっと舌を出す顔が腹立たしい。話すんじゃなかった、と葵はため息をついた。

確かに、バタークリームに少しのレモンピールを混ぜこむことを思いついたのは、橋野と都心の洋菓子店を訪れた時だった。

あれから橋野とは、たぬきケーキを食べに行ったり、新メニューの考案のために食べ歩きをしたりと、なんだかんだで交流が続いている。

探求心の塊である橋野に、いつも葵のほうが振り回されがちではあるのだが。橋野が少しずつ、くつろいだ笑顔を見せてくれるようになった気がして、それが嬉しい。

「ねえ、どういう思いつきだったの？　気になるわあ」

みおこさんの好奇心丸出しの視線に負けて、葵はしぶしぶ説明した。

「チョコレートケーキで有名な店に行った時に、一緒にいた人が、『チョコばっかり食べてると、酸っぱいものとかしょっぱいものが恋しくなりません？』て言ったんです。それで、レモンを入れてみようかなって……」

チョコレートと柑橘類という組み合わせ自体は、ありふれたものだったが。試作段階だったココナッツ風味たぬきケーキに合わせてみると、思いのほかうまくいった。

レモンの爽やかな風味はココナッツと絶妙に合い、チョコレートとバターの香りも殺すことなく、むしろ両者をより引きたてる。チョコレート百パーセント、といったたぬきケーキの見た目から繰り出される爽やかさは、インパクトも十分だった。

新しいたぬきケーキの完成を、橋野も喜んでくれた。

「優香さんに会えてよかった」と伝えたかったけれど、葵にはまだそんな勇気はなく。

「優香さんのおかげです」と言うのが精一杯だった。

ランチ営業を終えた休憩時間、スマホをチェックすると、当の橋野から連絡が来ていた。

『昨日はたくさんたぬきケーキが売れました！　なんでも、食べ歩きがテーマのアニメに、たぬきケーキが登場したそうです』

と、メッセージが送られてきている。忙しい中でも、笑顔を絶やさずたぬきケーキを売る橋野の姿を想像すると、葵も自然と笑みが浮かんだ。

「なーににやにやしてんの」

仕込みを終えた坂下に覗（のぞ）きこまれ、葵はスマホを落としそうになった。

ネギを切っていた多和田も、何事かと顔を上げる。

「いえ、橋野さんが連絡くれて。なんかのアニメの影響で、たぬきケーキが売れたらしいですよ」

「なんだ、優香さんか」

年明けに、橋野母子（おやこ）はキッチンハルニレに客として来てくれた。それから定期的に来てくれているので、坂下もすっかり二人にはなじんでいる。

「それにしても葵くん、前よりよく笑うようになったたね」

「え、そうですか？」

「うん。なんていうか、雰囲気がやわらかくなった。テンコちゃんのおかげかな」

「え？」

久しぶりに聞く名前に、葵は驚いて坂下を見る。

「葵くん、あの子といる時もよく笑ってたし」

さらりと言われ、懐かしさと寂しさが交じった気持ちで、胸がいっぱいになる。

それから、あたたかな風が吹いた時のようにふわっと気持ちが軽くなった。

「うん、そうでしょうね」

葵は心の底から笑った。

テンコを連れて見知らぬ町を歩いたこと、たぬきケーキをひたすら食べたこと、その末に自分だけのたぬきケーキを作ったこと——今思うと大変なことのほうが多かったし、テンコには終始振り回されていたようなものだった。

それでも葵は、確かにあの日々が楽しかった。

橋野たちに出会えたことや、自分のやりたいことを見つけられたから、というのももちろんあるけれど。

「また会えるといいですね」

珍しく、多和田が会話に参加してきた。

坂下たちには、テンコは両親のもとへ帰ったと言ってある。

その言い分を信じたのかは不明だったが。今日の坂下と多和田の言葉は、心の底からのものに思えた。

「そうですね。きっと、また会えます」

葵の言葉に、多和田は小さく笑った。

約束を交わした、獣でも人でもない友人。

忘れられていても、もう会えなくても、葵はこの町で生き、この店で働き続けるだろう。

彼女の思い出の味を、形を変え、今度は誰かの大切な思い出にするために。

もし再会できたら、たぬきケーキ以外にもたくさんおいしいものを食べてもらうために。

まかないを盛りつけ、盆に乗せる。

坂下が試作した春の新メニュー・桜茶を入れたグラスも隅（すみ）に乗せた。フロアに出て、坂下と多和田が待つテーブル席に盆を置く。

外の陽気に惹（ひ）かれるように、葵は窓を開けた。

表には、うららかな陽光が降り注いでいる。

もうすぐ春が来る。

葵の鼻先を、ふわりと桜の香りがかすめていった。

集英社オレンジ文庫をお買い上げいただき、ありがとうございます。
ご意見・ご感想をお待ちしております。

● あて先
〒101-8050　東京都千代田区一ツ橋2-5-10
集英社オレンジ文庫編集部 気付
西　東子先生

天狐のテンコと葵くん

たぬきケーキを探しておるのじゃ

集英社
オレンジ文庫

2024年4月23日　第1刷発行

著　者　西　東子
発行者　今井孝昭
発行所　株式会社集英社
〒101-8050東京都千代田区一ツ橋2-5-10
電話【編集部】03-3230-6352
【読者係】03-3230-6080
【販売部】03-3230-6393（書店専用）
印刷所　株式会社美松堂／中央精版印刷株式会社

ISBN 978-4-08-680554-4 C0193